新神
邱常婷

目次

千萬傷疤

從柏油馬路底端遠遠燒來悶沉的爆炸，記憶中靜得嚇人，也吵得嚇人。黑夜如同深海，只在眾人站立的街道上燈光燦亮，這個時刻，每個人都在等待，在既安靜也吵鬧的黑暗裡，阿莉莎忽然想起來，那是由於年幼的她以食指塞住兩個耳洞的關係，假如她將手指拿開，她會嚎啕大哭，因為降臨遠方的爆裂聲以及身體的疼痛，令她無比害怕。

他們在等待什麼呢？嚴肅的五官靜止如雕像，爸爸牽引阿莉莎那溫暖的大手，已經歸於熟悉平靜，終使她乖巧地凝視道路盡頭。從那兒開始，有一組阿莉莎所見過最奇怪的隊伍浩浩蕩蕩地前來，她忘記了大部分的聲音，除了爆炸，她也遺忘了大部分的人體，除了傷疤。

隊伍最前端是一名滿頭大汗的中年男子，鮮血正沿著他光亮的前額流淌下來，他的目光中有一種堅定與迷離，一種出神沉醉感，他手執榔頭，間歇性敲擊頭部，引發更多鮮血流下。

緊接著是咬著長鐵棒的男子，等他走近，阿莉莎才發現他並非咬著鐵棒，而是一根直徑約三公分的長鐵棒直接穿過他雙頰，奇異的是，他臉頰上的洞並未出血。他對阿莉莎眨了眨眼。

在阿莉莎兒時的記憶中，這名嘴穿鐵棒的男子對她講述了他的祕訣：以醋用力摩擦臉頰，早晚各一次，久而久之皮膚便麻痺無感。

這名男子怎麼在嘴上插著鐵棒的同時對阿莉莎講話，她已經忘記了，只記得這是最詭譎的隊伍，他們像深海的魚，奇形怪狀地穿行於陰暗，期間不時有炮竹炸裂，四下彈射，更多自殘流血的男人以節奏獨特的步伐漫遊，隊伍最末，是閃亮火星跳動於嗆鼻煙霧，一名神轎上的赤裸少年，即便白布裹著下半邊臉，依然神采奕奕，正接受來自四面八方的炮炸，肉身傷疤遍布，血口鮮亮，偶爾以榕樹枝撫去炮火。他和阿莉莎過去所見的神都不一樣，他站在高處，卻彷彿無聊，突然與阿莉莎四目交接，白布下的嘴咧開一笑，還沒看清，他已搖搖晃晃地離去。

離家出走的早晨，幾近無人的火車上，阿莉莎自始至終都是醒著的，前座乘客正閱讀報紙上冬嶼號案件的最新進展，她好奇地透過座位與座位間的縫隙偷看。幾年以前，當她還是個小女孩的時候，她依稀記得自己曾搭上一艘船，在颱風剛結束的夜晚裡出航。

窗外景色飛逝，從台東北上的復興號震動劇烈，小麥頭靠在阿莉莎肩上瞌睡，阿莉莎卻能感受到他僵硬緊繃的肌肉，以及口袋中不斷發光的手機螢幕。

小麥的爸爸一定正在找他，這個男人把全部身家藏在自己兒子戶頭，過去賭輸了便兩手一攤自稱窮困潦倒，小麥索性將巨款提領一空塞滿背包，他們要離開的時候，居住的家鄉被晨光籠罩，像是金色的燃燒。

接下來要到哪裡去？他們還可以逃多遠？離開時沒想那麼多，現在阿莉莎心中充滿惶惑。

當曙光從車窗中灑入，小麥眨眨眼醒了過來，像是突然做了決定：「不然我們去宜蘭玩。」

「宜蘭？」

「對啊，你去過宜蘭嗎？」

「沒有。」阿莉莎覺得很不好意思，手指抓緊了洋裝下襬，衣服在她手中變皺。

「宜蘭有溫泉，在礁溪那邊，我們去礁溪吧，妳喜歡魚，那邊有很多溫泉魚，會去親妳的腳喔。」小麥一面說一面取出背包中的麥香奶茶，插上吸管不斷吸吮。他的綽號就是這麼來的。

小麥比阿莉莎大了三歲，但當他們在一起玩鬧的時候，阿莉莎感覺自己像是一名母親，或者至少是以一種古老的方式看待小麥的存在，他的靈，只不過，一旦進入了「那個」世界，小麥就變得不一樣了。

這是一段漫長的旅程，他們身上蓋著薄外套，薄外套底下是彼此緊緊交握的手，他們看著清晨的曙光從雲層上方篩落至海平面，閃閃發亮的海洋，湛藍無傷的海洋，他們一語不發，幾乎可以聽見對方的心跳聲。

·⊗·

從開始到現在，小麥似乎從來沒有改變，他染金的頭髮，吸吮空麥香奶茶包裝的「颼颼」聲以及黝黑的皮膚，令阿莉莎無比熟悉。阿莉莎常跑出家去找小麥，鄰里的大人們都說她被帶壞了，這是小鄉鎮裡經常發生的小小悲劇，「不過……比起她爸啊……」、「這個小孩子，畢竟以前遭遇到那種事……」他們往往加上一兩句，好像真有多懂一樣。阿莉莎很久沒見到爸爸，只和爺爺奶奶在老厝安靜地生活，他們早上六點出門到山上務農，晚上回家，回到家他們會聽收音機，不看電視，老人如同巨大的玩偶擺飾，阿莉莎明白，這種認知是互相的，對爺爺奶奶來說，阿莉莎也像是一種擺飾，唯一的功用就是提醒他們曾經有過一個沒出息的兒子。

阿莉莎那天帶著撈魚網在市區閒晃，順著與爸爸的回憶走過那條曾出現古怪遊行的街道，隨後在一座宮廟旁看見小麥。

小麥正在玩一顆顆裹著白粉的甩炮，甩炮流行於國小至國中的孩子，原本也沒什麼稀奇的，都是一種惹人討厭的行徑，然而，小麥身上有些神祕、無法言明的事物吸引著阿莉莎，就像月球與海的潮汐，小麥投擲甩炮的手勢，出乎意料的優美，阿莉莎從中看見了一種可能性。

甩炮在地上炸裂出白色小花，閃亮閃亮，小麥看見阿莉莎，欺侮人地把弄甩炮朝她走去，阿莉莎瘦削醜醜的膝蓋顫抖著，爆炸聲與火光是不可思議的，炮火不僅僅在小麥的手上與地上流轉，彷彿自有其意識般，像那晚古怪隊伍的行進一樣，炮火在裸身少年的皮膚上綻放，那使少年看上去超乎尋常。

炮甩在阿莉莎腳邊，她開始慘泣著跳舞，在火光中跳舞，小麥哈哈大笑，他停止，等待阿莉莎逃跑，但她沒有逃。小麥收起了笑容，甩炮落在阿莉莎蒼白的大腿上，碎裂出一朵洛神花的痕跡，她依然沒有逃，小麥的目光如此專注，就像他在神轎上時的模樣，他手部的動作行雲流水一般，在他們周身炸出刺眼的亮光，阿莉莎的皮膚被炮火劃傷，流出血來，阿莉莎記得是在那時她心中有了異樣的感覺。

十三歲的夏日，暑假，蟬鳴如浪，阿莉莎就讀的國中訓導主任耳提面命不能與中輟生鬼混，小麥屬於訓導主任口中的不良分子，他染金髮、抽菸，經常在融化的柏油路上騎機車狂飆。知道的人都以為是小麥的錯，殊不知，阿莉莎才是讓一切開始的人。

被炮火包圍的數秒間，阿莉莎腦中浮現了學期末的畫面，他們班上一個十分漂亮的女孩，眼睛大大的，睡午覺時也闔不上，總是露出半顆震顫眼球，被男生們戲稱「凸眼金魚」，女孩身材高䠷，皮膚白皙，尤其是小腿，纖細美好。某天卻一連好幾堂課沒看到她，後來在放學前，她由一位同性好友攙扶回到教室，阿莉莎看見她從運動短褲下裸露的小腿肚，遍布紅色的血痕。

據說是校外的大姐頭不爽凸眼金魚，叫出去教訓了，她趴在桌上無聲痛哭，阿莉莎的目光卻無法從那雙滿是美工刀刀痕的小腿上移開。有種美好事物被毀壞的感覺，令人反胃，但又隱隱興奮。

硝煙漸漸平息，阿莉莎眼中含淚，卻不避開小麥審視的眼睛。

下一秒，男孩咧開嘴大大地笑了，他將最後一顆甩炮放入口中，嚼檳榔一樣地咬破，他漆黑的口頓時大放光明，流了一點血，和唾液吐到地上，之後就兀自走進宮廟。廟裡很熱，巨型電風扇呼呼地吹，老人家坐在塑膠椅上等待神明吃完供品，阿莉莎跟著小麥走到廟公休息處，小麥從冰箱裡拿出兩罐麥香奶茶，他問阿莉莎的名字，住在哪裡？讀哪間學校？

「十三歲喔，好小。」小麥陪她喝完飲料不久，便被大人們叫去做事了，阿莉莎看著小麥脫去上衣的裸背，汗水成河，使她聯想到颱風天強降雨從山上奔流到出海口的景象，因此感到森冷。

阿莉莎也想到魚，她想到濕濕的，她從嵌有水龍頭的牆邊找到自己的長柄撈魚網，奔跑到港口撈捕小魚。

爸爸還在的時候，曾經帶年幼的阿莉莎抓到一條烏尾冬，他們將烏尾冬養在三尺缸裡，養大以後就殺來吃掉。彼時爸爸養了各種不同的魚，除了一般可以在溪河捉到的魚種以外，爸爸將所有的錢都投注在飼養觀賞魚的興趣裡，並且特別鍾情古代魚，大大小小的魚缸中飼養著古代戰船與幼小的金恐龍魚、火箭魚，其中還有長得像昆蟲的魚種，從玻璃魚缸底端往上看，這種魚通常都漂浮在接近水面的地方，張開鰭，以飛行的姿態順著水流滑行。阿莉莎覺得看起來非常美麗，也非常奇怪。爸爸說，牠們叫做古代蝴蝶，又稱齒蝶魚，身體的構造極其古老，已久未進化。在海洋之中，還有無數長得比牠們更怪異的魚。

隨著時間過去，阿莉莎漸漸了解爸爸的意思，她戴著奶奶的遮陽帽與袖套，前往溪河與海岸，揮舞長柄撈魚網，爸爸以前的幾個釣友看見阿莉莎，總是很樂意將幾條釣到的小魚送給她飼養。在她所捕捉到的魚當中，也確實有比古代蝴蝶更加異樣的魚，就如同他們這裡的人，都是由這山海所餵養的奇形。

除了三尺缸，阿莉莎的爸爸留下最大的魚缸是六尺，他們曾一起在滴流盒放置濾材，白棉、羊毛絨、陶瓷環、石英環、珊瑚骨……一層又一層，疊在高高的六尺魚缸頂端。她詢問魚缸的材質，爸爸細心給她解釋：玻璃，非常堅固，在日本比較多壓克力的，是因為日本經常有地震的關係，但那些巨大的壓克力魚缸經過長期清理，很容易把表面刮花，就不方便觀賞魚缸裡的魚了。

六尺缸裡只有一條紅龍，他們曾試著混養過魟魚，卻不好照料，很快便死去，年幼的阿莉莎長時間在魚缸底下徘徊的結果，致使這條紅龍有了「掉眼」的毛病，爸爸禁止阿莉莎經常的從魚缸下方跑過，她有一天就趁著爸爸不在的時候，掀開上蓋試圖從更高的視角觀看紅龍，對阿莉莎來說，那是特別的經驗，向來隔離在玻璃魚缸之內，巨大美麗的紅龍，突然成為被撈捕似的對象，阿莉莎著迷於這種視角，她甚至伸出手，想碰碰紅龍的背鰭。

年幼的阿莉莎掉下去了，激起微弱的水花，阿莉莎對那一次落水的記憶幾近全無，她只記得時間與光線移動得愈來愈慢，紅龍出奇鎮定的環繞在她身邊，冷靜超然。紅龍的身軀在增豔燈的照耀下灼灼發光，鬼魅一般，紅龍向下的視線，給予阿莉莎一種睥睨的感受。

離水的阿莉莎被爸爸平放在地面，她緩慢地呼吸，水從她的眼睛、鼻子與嘴巴裡流出來，阿莉莎的時間回來了，她的痛苦也回來，在胸口燃燒如火。

那是第一次阿莉莎被爸爸痛揍，用藤條，或是剝光枝葉的棕竹使勁打在身上，聲音非常響亮，阿莉莎忘了自己有沒有哭泣，只記得爸爸打她的時候，全程都是微微笑著，那讓阿莉莎覺得這種事情並非是一種懲罰。

如果人可以活在水裡，那就太好了。阿莉莎後來想：如果人可以像在水裡一樣，一切都緩緩。爸爸離開家那天，背影也會緩緩的。

爸爸離開家那天，阿莉莎在作夢，她夢見爸爸有一個內部全黑的魚缸，他在缸內飼養蝴蝶，那其實是許多細碎的生物所組成的擬形，那種生物或許含有劇毒吧，蝴蝶在水中張開光影錯落的羽翼，在黑水中寂靜地漂盪，所含有的劇毒將魚缸裡的一條古代戰船殺死了，但爸爸說沒有關係，這種魚就是要這樣飼養，魚屍也無須移除，爸爸每隔一段時間，就加入新的魚混養，新的魚也不斷死去，壯大美麗的蝴蝶，爸爸從來不將魚屍取出，阿莉莎不敢看魚缸，老是覺得魚缸內充滿噁心的屍體，不知道成什麼樣子了，也不曉得該如何處理黑色的魚缸，只敢遠遠地一瞥。

每一次，她都在透著陽光的黑色魚缸裡，看見蝴蝶模糊卻燦爛的翅膀。

阿莉莎醒來時，恰好見到爸爸離開家走入陽光的背影，像是被日光給硬生生吃掉了似的。

阿莉莎一直等到晚上爺爺奶奶回家，才告訴他們發生的事，他們就像從未聽聞一般默默地進行夜晚的舉措：盥洗，煮食，整理……他們一語不發，沒有任何眼神，對阿莉莎不屑一顧。

阿莉莎並不傷心，或者應該說，她曾經傷心過，但現在，她已經不去寄望爺爺奶奶的視線，她還有很多很多的視線，她想要的、不想要的，全都在鬼祟地偷看，那些等待她餵食的魚亦然，從今往後，將一直以這樣的視線凝視她。

小麥看見阿莉莎的魚，直率地以他煙燻般的嗓音表明：他想釣釣看。

「如果釣起來，可以煮來吃呦。」

阿莉莎哭喪著臉的樣子逗樂了小麥，他指尖龜裂的手指輕輕滑過玻璃魚缸表面，一條小丑武士追逐他指尖彷彿誘餌的影子。房子裡充斥沼氣的味道，天花板蔓延鬍鬚似的青苔，牆壁滿是壁癌，阿莉莎長髮濕透，眼睛發光。

「你會打架嗎？」阿莉莎問。

「會啊，有時候吧。」小麥回答。

「你都用什麼打？」

「手，或者別的什麼啊。」

「有刀子嗎？我聽說有球棒。」

「我有一根球棒，上面還沾著血喔。」

「給我看，我想看，給我看嘛。」阿莉莎央求。

小麥走出屋子，紗門推開發出「咿」的聲音，阿莉莎想起不久前他來家裡找人，說是要阿公阿嬤去宮廟參加老人會館的活動。

阿莉莎看見小麥在屋外輕輕敲著那扇脆弱、根本沒鎖上的紗門，他明知道那扇門完全無法阻止哪怕最微弱的力道，他依然溫和禮貌地輕輕敲門。紗門因此發出風吹動的聲音。

小麥從機車腳踏墊上的紙箱內拿出一根金屬球棒，阿莉莎接到手中，球棒冰冷的表面凹凸不平，確實有著暗紅色的痕跡，阿莉莎輕輕揮動球棒，感到沉重，那座整點報時的鐘在此刻鳴響起來，令她分神，球棒不小心撞擊到一口魚缸，玻璃應聲破碎，一條馬尾鬥魚悠然順著水流潑濺在地面。

當然，一開始是無意的，阿莉莎卻突然覺得這樣也不錯，小麥在她充滿魚缸的房間裡，她拿著小麥的球棒，所有走進這幢屋子裡的人，最後都會消失在日光之中，阿莉莎以球棒敲擊玻璃魚缸。不是非常容易呢她想。尤其是養著紅龍的六尺缸，那超然的視線不斷從上頭傳來，阿莉莎心中升起一絲絲難言的狂熱，金屬球棒撞擊玻璃表面發出陣陣巨響，阿莉莎的手也被震得疼痛，但這種感覺，這種感覺……

阿莉莎被抱到半空中，濕漉漉的背抵著小麥溫熱的胸口，他拿走球棒，轉頭推動紗門。

他們維持著相隔大約一公尺的距離，從黃昏走到夜晚，小麥始終一語不發，大步快速地往前走，阿莉莎跟隨在後，已經走得很累了，就快要追不上了，但是但是，小麥可以騎車呀。阿莉莎想，如果小麥真的想扔下自己，他可以騎車，一溜煙地遠離。

夜色漸深的時候，白天的影子拖在身後成為越發巨大的怪物了，阿莉莎雙腿發抖，再也走不動了，她大聲地啜泣起來，可是身後的怪物還在推著她，彷彿有那樣一條鎖鏈，勾著阿莉莎的胃部下方緊緊連接身後面的慾望，對了，那隻怪物就叫做慾望，因為這深切的渴求，阿莉莎哭得更傷心了。

「妳不要哭了啦！煩死人了。」小麥凶狠地告訴。

阿莉莎癟著嘴，沉靜好一段時間，她的眼淚從眼眶流到鼻孔，與清清的鼻水一同流進大張的嘴巴裡，她陡然想起爸爸有時笑她：嘴巴張那麼大，好像要飼金魚喲。

「你為什麼不打我？」

「我不想打妳。」小麥喃喃地道：「我幹嘛打妳？」隨著阿莉莎哭泣顫抖的模樣，他也漸漸地、試探地說：「妳想要我打妳嗎？」

阿莉莎的心中便有數萬隻的魚群飛竄。

「我會打妳的，妳不要這樣哭啦。」小麥安慰她。

「你會怎麼打我？」

小麥想到他離家出走的老媽，他爸在事情開始前，總是千篇一律的動作。

小麥想到阿莉莎與自己，一個沒有媽媽，一個兩邊都沒有，他們該不會是命中注定的相遇吧？

……總是千篇一律的動作，最開始只是幾個耳光，次數多了，小麥認為就好像熱身前戲一樣，這將與結束時一樣突然，小麥使勁打了阿莉莎一個耳光。

小麥打到阿莉莎的耳朵，引發一陣轟鳴。

「不要打耳朵。」阿莉莎小聲說，臉歪向一旁，髮絲凌亂。

小麥點點頭，雙唇抿成一條剛毅的線，他抬起手。

夜晚的街道缺乏路燈，遠方有野狗的吠叫，一道道聲響卻使地方一明一亮，像炮火的點燃與熄滅，使人專注其中，阿莉莎無法思考，她的頭歪來歪去，意識迷濛，每一下都奪走她大腦的思考能力，什麼樣的行為，可以使一個人奪走另一個人的思考能力？連哭泣的原因都遺忘，阿莉莎有一種感覺，她是水中一株幸福的小榕，隨著水流輕輕搖晃著身軀。

「妳還可以嗎？」

阿莉莎想說話，她想點頭，求他繼續，但她已經什麼都辦不到了，雙頰腫得又脹又痛。假如可以，她希望能就這樣死去，她想被毆打致死，當她仰望時，可以看見小麥散發怒氣的巨大身影，光芒萬丈，像在神轎上一般。

便與開始一樣突然，小麥停手了，他整個人靜止下來，阿莉莎這才回過神，意識到自己剛才有多麼疼痛、多麼害怕。

但小麥輕輕摸著阿莉莎的臉，咧嘴而笑，阿莉莎看上去就不再苦惱，像一滴水，從草葉上墜落溪河海洋，沒有任何事物能夠阻止，它穩定確切的墜入。

他們並肩走回小麥停車的地方，彷彿老早就說好了一般，小麥把球棒放進紙箱裡，活潑地向阿莉莎道了再見，他最後看了早先來拜訪的阿莉莎的家，在踏入那扇紗門之前，他並不知道這裡住著阿莉莎，他甚至也忘了要通知阿莉莎的阿公阿嬤去宮廟參加活動的事情，他不想再進去了，小麥站在外頭，目送阿莉莎不安地走進散發溫暖光線的紗門裡，咿呀作響的紗門隱約洩漏了魚缸水的沼氣味道，給人一種青苔絲滑的聯想。

離開以前，小麥很確定，他們是命中注定的相遇，就像鐵棒之於臉頰，炮火之於皮膚。

元宵節其他宮廟遠來刈香，是小麥爸爸最忙的時候，儘管小麥也不清楚他爸在忙什麼，與各個穿制服的陌生男人鞠躬哈腰，熱切地握著對方的手喃喃自語，給觀光客看的好戲結束後便要上賭桌了，麻將搓動的聲音聽上去竟比炮聲更加響亮，那時候小麥會刻意走得遠遠地，去看乩童操五寶，或者一根長長的鐵針穿過舌頭與臉頰肉，時而數量多到使乩童整張臉扭曲變形。

千禧年前後是最好的日子，夜間遊行的乩童表演最為慘烈，血能流到腰腿，小麥從小看到大，不只一次說服自己他沒有那麼喜歡，乩童也不必真要把自己折磨到殘忍的地步，才能證明神靈的存在。

可是當乩童真正讓臉頰遭受鋼條穿刺，五根六根五官變形，似人非人的型態讓小麥十分著迷，他吸著麥香奶茶的包裝，覺得那張臉就是他心中神明的模樣，像寒單爺紅綠白的花臉。小麥的媽媽也有過那張臉，一張受苦的臉孔，瘀青遍布、眼睛流膿，嘴角破裂，在她每一次微笑時都流出鮮血，小麥記憶中的母親便是如此，他再記不得母親原本的容貌。

奇怪的是父親不曾揍過他，或許有過想揍他的心情，卻被母親阻止了，從此以後小麥就不曾挨打，母親逃家後，他想過假如自己挺身而出保護母親，一切會否不同？

小麥心中只有一種難言的遺憾。

每到元宵他都極興奮，十三歲以前尤是，七、八歲就深受夜晚炮火的明亮吸引，但著迷於炮，還是要從國中時與朋友上山夜遊，朋友塞給他一支沖天炮開始。

他們喝醉了駕駛小麥老爸的藍皮小貨車上山，原本沒有要這樣深的醉意，全怪店家炒一盤麻油翻車魚炒得不好吃，他們多叫了酒來配，突然起了夜間狩獵的興致。小麥還發了瘋，從宮廟偷出寒單爺的神像，擲筊問要不要跟他們去兜兜風？居然是聖筊，小麥樂不可支，便在車上藏一把土製獵槍，彎彎曲曲入山，山道間沒有燈，他們一路嬉笑亂走，小麥把玩著沖天炮，僅有一支，像是唯一一發子彈，車在路上左拐右彎，看見黑影，小麥的朋友踩油門伺機衝撞，獼猴、藍腹鷴或松雞，他念叨著。小麥仰頭看望上下倒轉的星夜與樹冠，那不斷旋轉的黑色碎布與白色孔洞，頭暈目眩，想嘔吐的時候就把頭往窗外伸出，弄得乾淨。

獵槍放在副駕駛座，緊貼排檔桿，槍口朝上，朋友換檔時都會碰到，小麥隱隱覺得擺放的位置不對，但也沒說什麼。寒單爺神像目光炯炯，見證他們的荒唐行為。

在下一個彎道處，車燈推開的前路之中，一隻黑豹蹲踞路邊。

小麥的朋友幹罵一聲，排檔時用力過猛，撞擊獵槍，這把粗製濫造的獵槍也不辱它的來歷不明，當場走火爆裂，小貨車瞬即熄火，小麥憶及當時，心跳劇烈卻仍做出唯一合理的動作：他將手煞車拉起。正徐徐往下坡倒退的小貨車這才停駐路邊，整個世界便歸於黑寂了，不，還有一些早前被引擎掩蓋的神祕聲響，有時如人類的喘息，有時如笑聲，有時如青蛙鳴叫，有時像昆蟲摩擦翅膀，或者水滴淌落，小麥與他的朋友則震懾於從小貨車頂端的彈孔中流瀉而出的月光，竟然就像液體一樣濃稠、緩慢地落到小麥肩膀。

不一會有人敲響車窗，他倆順從下車，和警察講話。

「有人說聽到槍響，巡過來就看到你們，在幹什麼？」

「在玩沖天炮啦，又沒怎樣。」槍很燙，幸好還是藏到老地方。小麥想。

「在玩沖天炮？玩多久了，有用很多支嗎？」

「一支啦！只有一支，又沒怎樣！」小麥的朋友啐道。「你知道我們剛才多驚嚇？有一隻黑豹在彎道那邊，你知道嗎？有一隻黑豹！」

像警察的男人只是微笑，也沒說台灣是否有黑豹存在。他微笑著，手電筒緊壓在筆記本上，小心寫下幾個字。

「你說你們點燃了一支沖天炮。」他說：「意思是你們總共只帶了兩支沖天炮上山囉？」小麥眼見他傲慢的下巴朝車內唯一一支沖天炮點了點。

「對啦。」

「可是剛剛你朋友說你們只有一支。」

他們心中震顫了一下。

「兩支，他的意思是原本兩支，玩掉一支，剩下一支。」

小麥轉過頭，想再確認沖天炮的位置，彼時月光再度從彈孔中扭動出來，像一條長長的寄生蟲，小麥想到自己以前養過的一條狗，原本以為是臘腸，實際上是四國犬，小麥都叫牠「昂昂」，昂昂又小又肥，腿超短，牠跑啊跑從家裡衝出來迎接放學回家的小麥，他爸也正巧要出門，卻看也不看，根本沒在意似的，一腳將昂昂踢開，昂昂就哀嚎著翻滾到深深的水溝底了。牠死了嗎？小麥跟媽媽詢問，讓她去看，說是沒死，那昂昂什麼時候回來？媽媽搖搖頭，露出疲憊的笑容走進家裡張羅晚餐。

幾天以後小麥終於鼓足勇氣，從高高路面往下眺望，昂昂已經如魚翻肚了，肚皮鼓脹數倍之大，呈半透明，為什麼會這樣說呢？因為有數條長長的蟲，在昂昂的大肚皮內扭動旋轉，彷彿裡頭盤繞著一整個宇宙的祕密。

小麥莫名其妙地回想當時情景，突然意識到昂昂的肚子裡，當時原來是翻轉著月光。

小麥認為是喝太多酒，才看見離奇幻象，才想起以前的狗昂昂，這些互不相關的事因酒精聯繫在一起，令人懷念不已，但願警察不要看到月光蟲是從彈孔中跑出來的。

「這尊關公像是哪裡來的？」

小麥的朋友大翻白眼：「這是寒單爺，我們借出來巡山的，山裡一堆妖精鬼魅，只有祂才鎮得住喔！」

這名像警察的男人聞到他們回話時的滿口酒氣，理所當然給他們做了酒測，抓到他們的時候車子卻是熄火的，因此三人陷入漫長、沒有結局的對峙當中，小麥知道他倆就像做了錯事的小孩，他們的臉上都寫了「有罪」的字，陷進血肉、刻進骨頭，假若眼前這個男人有辦法刺破些什麼，看進他們渴望被理解的內心，他會願意立即就範，他會很感激來自於他人的理解，偏偏男人什麼也不知道，盛氣消逝了，男人抓抓頭，對他們說：「剛剛提到有兩支沖天炮？」

「對。」

「另一支已經發射了？」

「對。」

「那殘骸呢？」

「啊？」

「燒掉的沖天炮總有殘骸吧？你們去把那根紅色的殘骸撿給我，我就放你們走。」

小麥與朋友整個晚上都在山間尋找沖天炮的殘骸，當他們回到停妥小貨車的地方，清晨的微光已經從遠處海平面升起，夜間的抽象模糊漸漸有了清晰輪廓，他們沒有再見過那名自稱是警察的男人，以及黑豹。山上的樹木、小貨車與枝頭跳躍的山雀，都和來時一樣。

「媽的，活見鬼了。」他的朋友發著抖說。

離去前，小麥在寒單爺面前點燃了唯一一支沖天炮，他等待炮火爆炸的瞬間，放開手，眼前一片白亮。

此後小麥讓雜貨店裡販售的甩炮、蝴蝶炮、沖天炮在周身來去，像隻玩雜耍的猴子，彈一彈指頭便有火光綻放，假如是一大串鞭炮，火焰劈哩啪啦往上吃掉，不即時甩開，手指都有可能被炸斷，那聲音、顏色與光芒，是一種力量，小麥察覺當他手中有炮的時候，人們就不會接近他。

「歹勢啦！」逮到機會小麥偷偷將神像拿回宮廟還，合掌道：「喝醉不小心冒犯了，但也很謝謝喔。」神像臉上青一塊紅一塊，真讓小麥想起他的媽媽。

元宵節他爸又忙著鞠躬哈腰，他沿鞭炮的餘燼走來走去，抬神轎的人，扮演土地公的人，脖子上掛餅的人，臉上化妝的人，小麥靜靜地看了一會，跟之前講好的宮廟人員碰面，脫去衣服，穿上紅色短褲，耳朵塞入棉花，面孔包覆沾溼毛巾，他站上他的竹轎，搖搖晃晃地在炮煙與人海中漫遊。

當炮手將排炮扔向他，煙霧嗆鼻，音爆使他耳鳴，體毛燒焦捲曲，皮膚劃開傷口，小麥彷彿不是小麥，而是別的，更好的。媽的，活見鬼了，對啊，他可是見過鬼的男人。想想那有黑豹、月光扭動如蟲，滿山尋覓沖天炮殘骸的夜晚。

群眾中，一個小女孩目瞪口呆地和他對望，小麥對她咧嘴一笑。

阿莉莎回想真正的開始，不是在宮廟遭甩炮扔擲，也不是夜晚的街道上火辣辣的巴掌，真正的開始是魚。因為魚，所以有愛。這是阿莉莎的父親說的。

破裂的魚缸流出臭水，在地面積出一吋高，爺爺奶奶穿塑膠雨鞋涉過玻璃碎片與汙水，進進出出，彷彿看不見一樣，兀自繼續他們平靜的生活。

阿莉莎穿上衣櫃裡唯一的一件洋裝，坐在玄關處以熱熔膠修補破碎的魚缸，幸好當時是胡亂揮棒，幾口大型魚魚缸僅僅是強化玻璃表面產生裂痕，死去的只有小魚缸中的一條金恐龍魚幼魚，以及幾隻價格便宜的馬尾鬥魚。

死去的魚屍須按照父親教導的方式製作成標本。阿莉莎將恐龍魚放上撿來的保麗龍板，用毛筆沾水清洗表面黏液，再以福馬林固定形狀，尤其是魚鰭，必須張開像是仍在優游一般，細小針筒插入魚嘴、排泄孔，注入福馬林，恐龍魚小小的身軀在碰觸到福馬林時泌出微弱的氣泡，阿莉莎最後將小恐龍魚浸泡在百分之十的福馬林中，要等到一星期之後再取出魚屍，浸泡在充滿百分之七十五酒精的玻璃瓶裡。

阿莉莎於是想出門撿幾個玻璃瓶回家，或者是他人不需要的玻璃魚缸，她記得爸爸說過，那些會買玻璃魚缸的人通常無法長久地飼養魚，他們對於養魚的期望，都投注在一口漂亮、完美的玻璃魚缸當中，以至於當他們買下魚缸，無論魚缸是大是小，也無論這些人後來是否真的找到他們喜愛的魚種，最終魚會死去，他們也不會再購買新的魚，剩下的就是占空間的魚缸。是啊。阿莉莎想，玻璃魚缸雖然好看，但也是如此無用，除了養魚，它沒有更多用處了。

阿莉莎曾在街上閒逛，尋找玻璃魚缸，出乎意料地，幾乎每間店、每戶人家，都有一個閒置不用的魚缸，他們將魚缸擺在戶外的水龍頭下，拿來清洗碗盤、裝填垃圾，那是她行走巷弄間微光閃爍的寶藏。

她從街上撿回來大大小小的魚缸，就這樣漸漸塞滿了玄關，假如把魚缸從原本的位置拿下來，會發現一塊外頭鑲著黴菌的方形白色痕跡。尤其當梅雨季節來臨，屋內濕氣上升，黴菌之間開出不知名的小花，粉紅色花瓣嬌嫩欲滴，在黑色、腐臭的牆上搖曳。

幾口魚缸修補好以後，裡頭的魚也再度活游起來，阿莉莎一面修復其他的魚缸，一面偷看紗門，聽說是有颱風要來了，強風將紗門吹得砰砰響，每一次阿莉莎都被那聲音嚇得跳起來，偏偏門外什麼人也沒有，阿莉莎只能失望地垂下頭去。

屋內所有的魚缸中只有六尺缸完好，阿莉莎總覺得憑自己是無法擊碎那巨大的硬體，紅龍冷漠地朝下望，更讓阿莉莎畏縮，即便如此，她還是經常悄悄地偷看紅龍。

紅龍真美，以前爸爸會帶阿莉莎到小溪抓大肚魚給牠加菜，看牠生吞活餌，銀色發亮的大肚魚子彈般地四處逃竄，紅龍追捕小魚，進食時發出彷彿來自遠方槍響的聲音，牠均勻而桃紅的鱗片，在增豔燈的照耀下散發鬼魅般灼灼燃燒的光澤，爸爸抱著阿莉莎，讓她坐在大腿上欣賞，那是她人生中最不可思議的一刻。

阿莉莎又聽見風吹紗門的聲音，小麥探頭進來：「阿公阿嬤在嗎？」她搖搖頭，急切地抓起長柄撈魚網和裝有打氧機的水桶。小麥讓阿莉莎戴一頂安全帽，沒有影子的機車呼呼地從融化柏油馬路上疾馳而去。

小麥問她想去哪裡，阿莉莎緊握撈魚網，說想抓大肚魚。

在市區公園的人工湖，阿莉莎熟練地以長柄撈魚網撈魚，小麥去買了吐司當誘餌，兩人一面吃一面拋撒碎屑。因為力氣太小，阿莉莎總是無法順利撈到很多的魚，小麥接過撈魚網，在陽光下舉起手臂，阿莉莎看見他柔軟的手肘內側有幾枚隱晦的針孔，他揮動撈魚網，那個瞬間轉眼即逝。

小麥趴下身體，在有光處撈捕受光吸引的魚時，他裸露的腰際同樣深深吸引阿莉莎，他們帶撈捕到的大肚魚回家，看紅龍揚起狩獵的興致，小麥張開嘴說了些什麼。阿莉莎沒有聽，她伸出手，好奇地摸了摸小麥的膝蓋。

「……想要頭也不回地長大成人。」只聽見他最後的話語。

「要成為人嗎？」阿莉莎摀住嘴，心臟狂跳，多麼害怕被發現。這是什麼怪話？不成為人，還要成為什麼呢？

「怎麼了？」

「怎樣才算是長大成人？」阿莉莎輕聲問。

小麥想了想：「就是要能夠命中紅心。」說罷，不知道從哪裡拿出一根沖天炮，打火機湊近引信，他走向房間內唯一一扇對外窗，沖天炮倏地點燃，衝向隔壁院落中吠叫的家犬。

隨著狗隻憤怒的咆哮，小麥哈哈大笑。

突然阿莉莎再也不能忍受與小麥身處相同的空間，她往廚房走去，衝出老厝後門，後門外連接一片竹林，小麥在身後追，喘著氣像是高興地吼叫，阿莉莎還無從辨別其中的原始性，她躲在茂密的竹林深處，心臟幾乎爆炸，她沒有發現自己臉上同樣掛著狂喜的笑容。

小麥在遠處折斷幾根竹條，收成一束，作勢在空中揮動，阿莉莎再度逃竄，她跑得飛快，小麥不得不認真起來，兩人身上的衣服都因汗水溽濕，阿莉莎跌倒在一片柔軟的芒草叢中，倒落的芒草層層疊疊，這個當下，阿莉莎覺得自己像一隻動物，小麥亦然，他們不因性別結合，而因獵與被獵的關係走到這一步，小麥的腳步聲沙沙的，阿莉莎腦海中有小魚群聚又發散，背對著等待他人的感覺，阿莉莎想不到是這樣令人期待。

「只露屁股，我就打屁股喔。」

阿莉莎甚至沒有發現自己的裙子已經高高地掀起，她穿著一條白色單薄的內褲，包裹住她同樣單薄、小得可憐的臀部，小麥根本無從下手，可是阿莉莎以一種全然脆弱、毫無防備的姿態趴俯在他面前，他似乎站在一個正確的位置，準備要做一件正確的事情。

阿莉莎急促地呼吸，濕漉漉的長髮披散在臉旁，她想起爸爸，只有一下下，隨後，小麥降下第一下抽打。這是仍帶著腎上腺素的，因而十分疼痛，他等待阿莉莎跳起來制止自己，那麼他就會停止，可是沒有，阿莉莎維持相同的動作，彷彿等待，居然等待，第二下、第三下均如此，直到隱藏在白內褲下方的臀肉變得熱紅，並且有一些腫，小麥停下來，他想停下來，至少應該要嘗試看看，可是阿莉莎仍在那裡，微微顫抖。

於是來到第十下，竹枝在肌膚上留下長長的痕跡，阿莉莎扭過頭，看見小麥高舉的臂間有閃亮的孔洞，像陽光穿透樹蔭，於是來到第二十下，她已破皮、流血了，尖叫哽在她喉嚨裡。第四十下的時候，前面二十下造成的瘀青悄然浮現，阿莉莎想像自己正在被弄壞，屁股逐漸發黑、萎縮，又變得不可置信的腫脹，世界只剩下竹枝劃過空氣的聲音，以及血流溫熱，只剩下她受傷的部位與小麥手的動作。

於是來到第八十下，阿莉莎發出一聲輕喊，她可以感覺到，鮮血沿著大腿流下，她回到被溫水包圍的幼年，紅龍掉眼的視線、爸爸微笑的視線環繞住她，傷處除了被內褲隱藏住的地方，顯露在外的已無完好，內褲的布料也近乎毀壞，破碎軟爛的皮膚上浮現濕潤血水光澤，他們不再計數。

很久很久以後，阿莉莎從昏眩中醒轉過來，她感到十分疲憊，彷彿走了很遠的路。

疼痛是一條路，阿莉莎意識到，並想知道自己能夠走多少，承受一下的疼痛，承受兩下，會好奇還可不可以承受下一次，打了五十下，造成的結果是皮膚腫脹瘀血，那再承受三十下又會看見什麼樣的風景呢？愈走愈艱難，似乎無法繼續了，但堅持下去之後，又來到更高更遠的頂端。

阿莉莎從肚子下方拍走螞蟻，小麥正輕撫她的頭，她很開心小麥沒有道歉。

他們身上裸露的皮膚都被蚊子叮得滿是腫包，阿莉莎在小麥的背上打盹，一步一步，緩緩地像在水中步行，卻身上帶火。他們回到老厝，低矮的天花板輕輕擦過阿莉莎的頭頂，他們從凌亂的屋內找到凡士林，小麥讓阿莉莎趴在藤椅上，輕輕地剝除破爛布條，以食指塗抹，電風扇緩緩地轉，小麥金色的頭髮被吹得露出額頭，阿莉莎崇敬地凝望。

有一瞬間他們像大人，或者超越大人這種身分，他們在芒草叢裡的時候，共同創造了深深傷痕，他們於是有一種可以為可怕傷口負責的感覺，可以靜靜地療傷，讓傷口變好，這就是證明。

阿莉莎想。

有一種獨特的觀賞魚，銀色肚白，細細長長，會跑到大魚的鰓裡睡覺，阿莉莎的爸爸告訴她這叫做吸血鯰，他們只養過一次，因為照顧太困難了，必須同時顧及被吸血的大魚，有一天早上阿莉莎探頭往吸血鯰的魚缸看去，魚缸裡已經什麼都沒有了。

被吸血的大魚每一隻反應都不相同，有時牠們在剛被吸血鯰的鉤刺吸附住時，就痛得扭動不止，有時只在死亡前意思意思的掙扎兩下，有時好像毫無感覺，兀自在水波中漂流。

吸血鯰悄悄的在大魚身邊探視，扭動牠們纖細的身體，偷偷的，悄悄的，順著水流最終一溜煙竄進大魚深紅色的鰓，那個地方看起來似乎很柔嫩、很溫暖，吸血鯰在裡頭棲息。舒服嗎？爸爸問。阿莉莎回答：嗯，很舒服。他們在玻璃魚缸前偷看彼此專注的臉孔，互相扮演吸血鯰與大魚的角色，替牠們配音，說完紛紛笑了出來。阿莉莎做著一如以往的夢。不過，阿莉莎也開始做跟小麥有關的夢了。她夢見自己是一條碩大的蝴蝶魚，大得足以看見自己長長的尾巴和長長的嘴吻，而小麥是一條細如牙籤的吸血鯰，偷偷的，悄悄的，在阿莉莎不慎開合鰓口時靈敏的安身而入，阿莉莎感到痛苦，但也舒服，為自己足夠的巨大與堅強，能夠收容；也為自己的稚嫩脆弱，能被摧毀與馴服。

暑假後半段，阿莉莎白天去網咖等小麥結束打工，晚上則待在老厝玄關，睡在空的大魚缸裡，玻璃表面冰冷，過了一段時間則變得悶熱，夏天尤其如此，可是睡在魚缸裡的話，小麥來的時候就能很快叫醒自己，他們會在夜晚的馬路上騎車狂飆，抵達一處僻靜的地方，阿莉莎會跪下來，或者趴在草地上。

他們鬼祟的行為充滿崇高的意義，這不是傷天害理的事，也並不淫穢骯髒，在阿莉莎的心中就如同前往新地，與小麥一同在那兒創造出新的東西。

起初總是幾個響亮巴掌，那是開啟儀式的鑰匙，接著小麥會抓著她的頭髮讓她趴跪在地，他們使用各種工具，小麥甚至好玩的從宮廟中偷了「五寶」——月斧、刺球、七星劍、鯊魚劍、銅棍一一在阿莉莎面前展開，她一點也不害怕，相反的非常好奇。她見過口中塞滿刺球的男子，尖刺穿透臉頰肉流出鮮血，男子仍不住地毆打自己的臉。為什麼要承受這些？為什麼想要承受這些？阿莉莎抬頭與小麥對望，提出無聲的詢問，而小麥審視著她，彷彿她是柔軟的，可以捏成任何形狀。

不知為何，從這樣的行為當中，阿莉莎覺得他們成為了一種很強的存在，幾乎是一種超越人類的東西，她也不會講，因為他們畢竟都還太小了，無法弄清楚，或許……他們實際上只是想要長大成人罷了。「假如不成人，要成為什麼呢？」阿莉莎自問。雨點般落下的疼痛降臨在她身上，阿莉莎將這些抽打視作懲罰，因此動也不動。是她自己的選擇，阿莉莎總有一種感覺，假如在最初她能夠自己選擇，或許所謂的悲劇就不再是悲劇。

不管怎樣，與小麥做這些事情讓阿莉莎喜悅無比，這已經是兩個人所能創造出最大的「感受」，無論痛苦或快樂，都是最極致的。他們如此的為此上癮。

開始的時候，阿莉莎總是安靜，她認為發出聲音會破壞一些當他們這樣做時，從地面長出的東西，還有從空氣中浮現出的東西、從汗水中流出的東西，而且最重要的是，一旦她發出聲音，小麥就會停止，他們不需要其他暗示。

小麥嘗試過用各種工具毆打阿莉莎，他命令阿莉莎在佈滿尖石的土地上爬行、將她的頭按在裝滿水的魚缸裡、連續一個鐘頭只是不斷地抽她耳光，他們有的時候依然會在疼痛與疼痛間交換簡短的對話：「妳還想繼續嗎」、「我還想」，事情就會繼續下去。

偶爾，阿莉莎會說「不要」，但她總是輕輕地說，她怕說得太大聲被小麥聽見了，小麥就真的停下來。阿莉莎也哭，那是因為腎上腺素分泌過度，讓她眼中泌出了淚水，從來就不代表什麼，她的眼淚也不會干擾小麥，他們默契絕佳，所有小麥給予她的，都是阿莉莎希望接受的，沒有任何她無力承擔的部分。

唯一令阿莉莎不安的，僅僅只是小麥肘彎處的孔洞。隨著暑假進入尾聲，洞愈來愈多，令她擔心有一天小麥會被這些洞吞噬殆盡。

她想起曾飼養過的紅花豬，得到一種叫做頭洞病的病症，感覺上就像洞漸漸地侵蝕整條魚，阿莉莎很喜歡這條紅花豬，這是少數有一定的智商，能夠辨識主人的魚種，紅花豬後來病得很重，浸過幾次藥浴就死去了，爸爸趕緊又買了一條紅花豬幼魚給阿莉莎，但她再也不喜歡這種會得怪病的魚。

在他們第一次抽打的竹林中，第無數次被抽打的阿莉莎伸出手碰觸小麥臂上的孔洞，他正喘著氣，睜大眼看了看阿莉莎，又看了看自己，他大叫著推開她，幾乎像逃跑般離開。

從車頂彈孔中流出的月光如寄生蟲般扭動，月光在死去的小狗肚子裡翻滾。小麥騎車一路狂飆，心中想著那兩個場景，他非常好奇兩者間有什麼關聯，為什麼他無法遺忘。

小麥回到宮廟，一群穿黑衣的人圍坐在階梯上抽菸，四周白霧瀰漫。

「你爸在找你咧。」一個人對小麥說。

「知啦。」小麥受不了周遭的氣氛，引擎一發動，又往市區騎去，他爸一定又是約按摩店，小麥捏捏肘彎處，像是希望從中捏出髒穢。

從很久以前就開始了，爸爸某天找小麥去按摩店談事情，給了他一罐可樂，他們聊了一會，按摩店小姐在他肩頸處揉捏，他莫名其妙地睡著，醒來以後發現不太對勁，最後在手肘內側找到一枚隱晦的針孔。

他不敢往壞的地方想，就猜爸肯定是給了自己什麼好東西。

或者小麥身上有什麼，是他爸想要的，可是小麥怎樣也弄不明白。

之後幾次他爸又找喝酒，都是在同樣的按摩店，小麥拒絕了一次，身體非常不舒服，狂冒冷汗、四肢顫抖，他忍了很久，最後還是赴約，每一次，他都假裝不知道，醒來都像睡了一場好覺。

推進他身體裡的道路引領他通往兒時的回憶，他爸一腳踹開昂昂，昂昂落到水溝裡，肚皮脹大而有寄生蟲在裡面翻湧。

最傷小麥心的其實不是那個小小的針孔，而是爸居然連他最喜歡喝的飲料是麥香奶茶都不知道，老實說，他還寧願老爸下藥在麥香奶茶裡，而不是可口可樂。

小麥經常想，為什麼老爸不願意直接跟他說自己想要什麼？但打入他體內的藥物讓他愉快、放鬆，到了後來，他甚至期待著爸爸遞來的可樂。

他們維持著無須言明的關係，等待終將坦白的那天。

在小麥的記憶中，爸的慾望太深太廣，還帶著深深恨意，有好幾次向神明求明牌，卻沒中獎，他爸載他到山上「處理」神像，將那些他曾祈求過的神像敲碎或者引火燃燒，若嫌麻煩就放入山間的溪河任神像漂流入海。

水中神像載浮載沉的畫面，令小麥永難忘懷。

有一回從按摩店出來，他爸臨時要帶他去談生意，小麥起初拒絕，卻第一次被爸爸賞了巴掌，他爸說：「你現在還會反抗，之後就不會了。」小麥不由自主發起抖來，腫著臉跟老爸到一間專賣饅頭的老店，這間店生意向來很好，外地觀光客若來旅行，必定會吃，就連當地人也熱愛買來當早餐。

小麥就陪老爸直闖人家饅頭店的辦公室，見他直接將一把黑星手槍按在負責人桌上，表示在這饅頭的生意上想要分一杯羹。

小麥頓時感到一股血氣上湧，蔓延整張腫痛臉皮，一片通紅。坐在角落的老會計嚇得臉色發青，小麥朝他點點頭，他便連滾帶爬地逃出門外。

還以為是什麼了不起的生意呢。小麥百無聊賴地思索。他爸連饅頭的買賣都要搶，這真是一種下流的貪婪。

他們走出饅頭店時，他爸還在光天化日下為他展示手槍，說了令小麥難以置信的話：「看到沒有？只要你露槍給人家看，就要帶著一定會開槍的覺悟，他們才知道要怕，才會信你。只要露出槍，就一定要發射，懂嗎？」

只要露出槍，就一定要發射。這是什麼鬼話。

他爸反覆在陽光下扳動保險的樣子，居然像個孩子，喜孜孜的，讓人心生厭煩。

哪怕是最細微的好處，老爸也想要。小麥在按摩店前的空地停好車，先抽完一根菸才去找人。

這間按摩店向來沒什麼客人，來者大多是談事情的道上兄弟，小麥看慣了刺龍刺鳳的身體，從來不以為意。他穿越菸味濃重的前廳走進隔間裡，看見他爸孤坐在按摩床上。

小麥有一瞬間的驚訝，爸什麼時候變得這麼矮小了呢？在賭桌上看上去高壯強大，現在卻小小的，小到這專做一個客人的隔間還塞了另外兩名陌生男子，也不嫌窄，他們中的一人伸手按住老爸的肩膀，對小麥微笑，露出一口爛牙。

「這就是你兒子喔？」

小麥的爸爸點點頭。

「他幾歲？怎有錢替你償還？」

小麥的爸爸搖搖頭，在小麥的記憶中，父親的目光始終歪斜，尤其上了牌桌，就要左右小心翼翼地亂看，指望能看出什麼名堂。

「有啦，我都把錢存在他那邊，麥仔，你……你去幫我把錢領出來，給這兩位大哥。」

小麥十分希望自己有勇氣同意任何來自這兩名男子的要求，此時此刻，他甚至希望老爸過去注射到他身體裡的東西，能夠起到催眠或逼迫的作用，致使他做出拯救父親、出賣自己的決定，如此一來，說不定就能像真正的大人一樣了。

但他終究無法克制顫抖的雙手雙腿，以及一股想嘔吐的衝動，陌生男子還未多說些什麼，小麥已奪門而出。

他的車是媽媽留下的，沒有進行什麼酷炫的改裝，腳踏墊原本還擺放有一個洗衣籃，媽媽以前用來裝菜。小麥跨上機車疾駛，尋覓最隱蔽的提款機以便迅速將自己帳戶裡的十萬塊提領一空，是的，那就是他爸存在他那邊僅有的財產，小麥都覺得好笑。經過雜貨店他猶豫一瞬，仍下車購買甩炮、沖天炮和仙女棒，馬不停蹄趕往山上，他喜歡在夜深的山區閒晃，夜晚點燃的炮火也特別美麗，小麥往嘴裡丟了一顆甩炮，像咬糖果一般用力咬破，但不知是這次的甩炮威力特別強還怎麼樣，炮炸開他的嘴肉，他停車往地上吐出一顆臼齒。

仙女棒一百根綁成一束，用大石頭固定在空地，一口氣點燃，火燒得又高又亮，小麥喘著氣，渾身濕汗，那些惶恐不安在看見火光時才終於漸漸平靜下來，小麥突然很希望阿莉莎就在身邊，他覺得阿莉莎是會明白的。一道黑影掠過山林，小麥想起黑豹，那個充滿魔魅的夜晚，寒單爺眼神炯炯。他迅速點燃沖天炮，朝尖叫的黑影發射……一定要命中紅心啊，然而黑影不過是一隻猴子，晃盪著軀體漸漸遠去。小麥嘴裡是血，他懨懨地吞下去，看著殘骸在火光中萎縮捲曲，如果可以活在火中，一定是件快樂的事，燒成焦炭的木頭深處，像是溫暖而模糊的家。

小麥立即決定了，他要跟阿莉莎遠走高飛，到山裡，到海邊，到水中，到火裡，只要是遙遠而模糊的地方。

小麥回到阿莉莎的家時，阿莉莎正在屋外洗魚缸，她又長又濕的頭髮披散在臉前，眼睛紅腫，看上去剛哭過。小麥對她說了自己的計畫：明天凌晨五點，兩人搭第一班北上的復興號離開。

「為什麼？」

「問那麼多幹嘛？帶妳去玩，不願意喔？」小麥說完這些，騎車再度溜走。

阿莉莎從滿臉的鼻涕底下笑出來，天光初萌時，她將每一口魚缸表面擦洗乾淨，光線斜斜走進紗門裡，照得一口疊一口的魚缸閃閃發亮，紅龍不屑她的興高采烈，古代蝴蝶依然在水面發呆，再見紅花小豬，再見冠尾鬥魚，再見小丑武士，再見笨拙的火箭魚……阿莉莎一一地和牠們告別，破碎仍未修復的玻璃魚缸就當作垃圾搬到外面，讓有需要的人撿走，爺爺奶奶或許知道，或許仍在睡覺而未知，阿莉莎只是把所有還活著的魚都餵了一遍，然後便頭也不回地消失在日光之中。

·⊗·

火車到站後，他們有一些茫然無措，從車站到有溫泉的市區似乎路程不短，小麥與阿莉莎走在炙熱的陽光裡，討論是否要叫計程車，雖然身上有錢，小麥卻擁著背包感到某種懼意。他們索性買了冰淇淋坐在路邊舔食休息，阿莉莎光裸的腳踢開拖鞋，安放在小麥膝上，他們微笑地交換祕密目光，冰淇淋融化滴淌。

兩人濕黏的手無意間牽起，繼續行走這陽光直射的路途，連影子都擠成小小一團蜷縮兩人腳下，好不容易抵達有溫泉的市區時，他們已經熱汗涔涔，非常疲憊了。

小麥努力表現出開心的樣子，讓阿莉莎趕緊坐到露天溫泉池邊，裸足放入泉水中吸引小魚靠近，阿莉莎很失望，辨認出水中的魚不是溫泉魚，紅紅的小身體只是朱文錦。

午後的陽光漸趨溫和，但阿莉莎已經失去了興致，有種一切都到達最後的感覺。

那天他們在市區一間網咖過夜，阿莉莎與小麥輪流靠著對方的肩膀休息，小麥醒著的時候玩網路遊戲，阿莉莎聆聽他吸吮空麥香奶茶包裝的聲音入睡。

輪到小麥休息，阿莉莎將小麥裝有錢的背包緊壓在腹部，這才打開瀏覽器，擔心被陌生人看到就不好了。

阿莉莎偷覷小麥的睡臉，突然渴望那些在竹林中被抽打的時光，她想吵醒小麥，想惹他動怒，引誘他如過去一般折磨自己。

阿莉莎下意識地在搜尋引擎上鍵入幾個關鍵字，這些詞彙她過去只在學校裡聽男同學開玩笑地講起，她搜尋圖片，看見被綑綁的女人照片，以及被鞭打的傷痕，她看見穿著皮衣的男女，看見赤裸的臀部。

阿莉莎體味到一種奇異的興奮，如同海洋裡的熱流一般橫越她顫抖的身體，然而這短暫的溫暖倏忽即逝，阿莉莎明白，就算是這些早已存在的詞彙，也無法完全解釋她與小麥之間的儀式。

「妳在看什麼啊？」小麥睏倦剛醒的聲音說道。

阿莉莎胸口湧起恐懼，他們接下來要逃到哪裡呢？或者小麥已經想回去了？他們還可以前往更遠的地方嗎？

於是阿莉莎指向電腦螢幕上的資訊，沉默不語。

「妳想去台北？」小麥閱讀閃爍螢幕中的資訊，上面提到每個月會在台北舉行的一場古怪聚會，他好奇地翻閱搭配的幾張圖片，露出明瞭的笑容：「好啊，我們可以去這裡。」

沒有更多徵詢，小麥了解阿莉莎從未說出口的話語，他們在身上覆蓋外套，緊抱行囊沉沉睡去。

隔天兩人步行到礁溪轉運站，搭乘客運前往台北，阿莉莎緊張不已，當她將頭靠在小麥懷中時，同樣聽見小麥劇烈的心跳。

「妳怕嗎？」小麥輕輕地問。

「不怕呀。」

「那妳會讓我做任何事囉？」小麥粗糙地笑著說。

「我不知道，我又沒有去過這種場合。」

「哼，我賭妳不敢啦，你現在就這個樣子，等一下一定不敢啦。」

阿莉莎沒有說話，在過去的相處中她的沉默就是同意，越發刺眼的陽光裡，小麥的黑眼睛透著漂亮的褐紅色。

客運徐徐晃動，阿莉莎嗅聞小麥身上的氣味，夢見了爸爸，夢中阿莉莎是一條巨大無比的蝴蝶魚，而她的爸爸穿著泳褲，身軀健美、五官英挺，他們潛沉於水中，阿莉莎聽見爸爸敲了敲她的身體說：「阿莉莎，把妳的鰓打開，讓我進去吧？」阿莉莎緊張地回答：「不行不行，這個裡面已經有小麥了。」她的爸爸沒有說話，海水出現鹹鹹的悲傷。

「阿莉莎，妳會怪我，曾經那樣對妳嗎？」

「不會，我真的非常非常想念你啊。」阿莉莎哭著說。

爸爸看上去很健康快樂，他聽了阿莉莎的話，笑得陽光燦爛，他無憂無慮地在阿莉莎身邊游了一會，便放開她的鰭，揮著手，順水流愈漂愈遠。

第一次到台北，他們決定先搭捷運前往西門町，也因為不知道有什麼好逛的，似乎路上那些年輕男女們喜歡的東西，他們一概都不喜歡，最後小麥指著電影街MTV的招牌，問阿莉莎要不要進去看看。

阿莉莎顯得非常不安，她從沒有來過這種地方，小麥也是，不過強裝出鎮定的樣子罷了。他們在MTV看了一部電影，由於緊張，片子是隨便拿的，是一部很老的黑白片《河神之心》，阿莉莎對這部電影有依稀的印象，彷彿曾有什麼人在她耳邊輕聲說過，但很快地，小麥在身邊的體溫奪走她所有的注意力。這部片幾乎沒有對白，因此也不知道是什麼語言，卻能看出大致的劇情——受到汙染的河流，一群底層人撿拾紅蟲維生，人群中流傳傳說，河流的起源是純淨的河神之心，為了尋找河神之心，年輕的男孩親手研發水中機器，抓著機器，與年老的母親告別，男孩散發白光的身軀潛入烏黑的深水，泥濘與汙染的底端是另一片即將與男孩融為一體的巨白，畫面邊緣有工業時期工廠機械的特殊轟鳴，阿莉莎對電影的記憶就結束在單調、規律的機器運轉聲中，結束在一片噬人的白亮。

「好無聊喔。」看完片子，小麥打著呵欠。阿莉莎內心受到震盪，卻也配合地點頭。

他們終拖著猶豫的步伐來到聚會的場所，外頭已經聚集了不少人，阿莉莎盯著小麥牽住她的手，很奇怪的，她心中絲毫沒有恐懼，只有確切、全然的信任。會場位於地下室，進去之前，阿莉莎想起了那個與小麥初會的夜晚，想像自己是一條怪模怪樣的魚，在黑暗中潛降。

由於時間剛開始，會場內還沒有多少人，地下室的空間陰暗而沉悶，音樂也並非他們所熟悉，他們只是等待著，從阿莉莎的角度看去，小麥已經慢慢地改變了，這種改變除了阿莉莎以外，連他本人恐怕都難以察覺出來，但當小麥褪去帶有鹽粒的笑容和溫暖的眼神，他動物般原生態的眼睛，便能平靜超然地凝視一切，猶如紅龍。

阿莉莎沉浸於他們之間不可言說的氛圍，每一次，這颱風前夕般的寂靜氛圍都會帶領他們回到有炮炸與鮮血的遊行之夜。

小麥抓起她的頭髮，給了她一個耳光，她趴到地上去，四肢著地，像野獸般爬向舞台，舞台上，她全身赤裸，聽見小麥禮貌地向觀看的人群中借取一根細長的藤條，阿莉莎感到震撼，不像竹枝、銅棍、熱熔膠以及任何小麥曾用來抽打過阿莉莎的工具，這根藤條生來就是為了傷害，即便如此，對阿莉莎來說無論什麼材質、什麼形狀，都沒有差異，都是只能握在小麥手中的權柄。

小麥站在跪地的阿莉莎面前，溫暖的手掌捧住她的臉，揚起手，在臂上的孔洞篩落陽光的時候用力揮下，阿莉莎聽見蟬鳴，她一整個即將走到盡頭的暑假。鞭打從背部開始，避過脆弱的腰，來到臀部與大腿，阿莉莎始終一言不發，她知道每一種材質、樣式的工具打出來會留下什麼痕跡，但最終所要造成的效果是一模一樣的，必須要是深深傷口，要流血，要非常的痛。她每撐過一下，都感到自己更往高處飛升，意識逐漸飄離軀體，像離水的魚，像古代蝴蝶短暫衝出水面的剎那，阿莉莎發出喊叫的時候，發現整個空間都無比安靜，小麥已停止下來，阿莉莎身上覆蓋著千萬傷口，體無完膚，鮮血淋漓。

阿莉莎顫抖著，垂下頭小心看望其他人，那些與他們有相同行為的人，但不知怎地，她感到已經超越了這一切，滿身傷疤，是她年幼時與爸爸在夜街上見到的神，她成為了如祂一樣的千萬傷疤之神。

阿莉莎眼中流出淚水。雖然她的神是一個卑賤的神，但她在此時此刻，以某種方式實現了人們的願望，滿足了他們的慾望，無論他們是用輕視的眼光看她，或以尊崇的眼光看她，阿莉莎都無所謂，那些視線並不比來自家鄉鄰里的視線更多，或者更加惡意。此時此刻，她只在乎那成就她的人。

「阿莉莎。」小麥輕輕地呼喚。阿莉莎眼中噙著淚水，抬頭小聲地問：「你覺得我很髒嗎？」

小麥搖搖頭。

「那你會覺得我很賤嗎？」

「我幹嘛要這樣想妳？」

小麥咧嘴一笑，伸出粉紅舌頭，舌尖頂著一粒灰色小球。我們來嚇他們一下。他示意阿莉莎靠近。靠近過來。他無聲地要求。這是真正的第一次，阿莉莎過去從未做過，他們嘴唇貼著嘴唇，小麥的牙齒咬破小球，火光與爆炸聲衝破唇齒，好似他們心內躁動不安的青春慾望終於從體內爆發。

阿莉莎全身發痛，鮮血滲出唯一一件上衣，她也不想脫除，脫掉的話會沾黏傷口，讓傷處更痛，小麥將一件薄外套被在阿莉莎身上，他們嘴角都帶血，看上去狼狽不已。

「我以後看起來，會很像斑馬鴨嘴。」阿莉莎很害羞地說。

小麥看過斑馬鴨嘴魚，牠們身上的黑白斑紋相當漂亮，因此也十分昂貴稀少。

「那樣你就會變得跟牠們一樣好看啊。」

他們交換微弱而疲倦的笑容。

在前往台北之前，阿莉莎一直想，只要他們到這個聚會上做一次他們平常在做的事情，讓其他相似的人成為見證，他們二人所組成的張牙舞爪、奇形怪狀就得以被框架了，他們的行為能夠被定義，他們也找到有相同感受的同伴了。

然而實際經歷以後，阿莉莎發現他們還是如深海的怪魚一樣孤獨無伴，沒有人能夠理解她與小麥之間發生的事，就算是在宮廟，他們的家鄉，就算是那個夜晚會參與遊行的其他人，以及在隱密聚會中觀看他們的人，都無法明白。

因為連他們自己也不曉得是怎麼一回事。

她唯一知道的是，她與他不能夠分開，因為只有當他們在一起的時候，才能使對方成為神靈。

他們後來又到ＭＴＶ看了另一部電影，卻不記得片名，他們急切需要休息的地方，以一種疲憊如小動物的方式相擁休憩，小麥說，就像他爸講的，入神是困難的，出神後會感到非常倦怠。

當他們抱緊彼此的時候，阿莉莎腦中有一個畫面：他從火那邊走過來，她從水這邊走過來，當他們碰到對方，就立即蒸發消失。

電影結束，他們沒有錢包夜，兩人也不提起裝在背包內的十萬元現金，便與對方相攜走出ＭＴＶ，雨衣跟報紙鋪在外頭走廊，枕著背包，希望能這樣平安地睡過一晚。

「你明天還想去哪裡？」

「我想去動物園。」

「還有呢？」

阿莉莎想不到了，原本還以為都市多有意思呢，但在這裡她不能帶著爸爸留給她的長柄撈魚網，想去哪裡就去哪裡，除了小麥，也沒有其他認識的人，阿莉莎其實已經很想回家。

面對阿莉莎的沉默，小麥說：「我們睡吧。」

・⊗・

小麥醒來時，已經在爸爸的藍皮小貨車上，他們正從北部回家，走的是沿海公路，他看見與來時一樣，黎明的第一道曙光。

藍皮小貨車的前座狹小擁擠，腳踏處卻擺放了寒單爺神像，阿莉莎不知所終，爸爸一言不發，眉頭深鎖。小麥不確定自己是不是還在睡覺。

「你最近一直跟那個家裡養魚的女孩子見面？」

小麥說：「是啊，那又怎樣。」

「你對她有任何了解嗎？」

小麥聳聳肩膀。

「她媽死在幾年前的一次風災，她爸好吃懶做，每天只知道弄魚，附近的人還說，見過他摸他女兒。」爸爸避重就輕地講。小麥覺得身體很不舒服，他佯裝伸懶腰，實際上偷偷細數手肘針孔。神奇的是，針孔穿透身體，能篩落光，就像海平面上的雲層或者樹蔭一樣。小麥卻想起看見黑豹的夜晚，光如寄生蟲般扭動著從彈孔裡鑽出，他將手抬高，光線確實也像當時，扭動著細長的身軀從針孔裡掉落。

小麥每一次都想問：「為什麼？」

但沒有「為什麼」，只有「下一次」。這使他絕望。

小麥在前座的抽屜裡找到一罐溫熱的可口可樂，他感到深切的乾渴而焦急地拉開拉環，仰頭吞飲。

「阿莉莎呢？」

爸爸沒有回答，小貨車右轉開進山裡，是小麥過去喜歡的地方。他覺得自己在山林中點燃炮火，令鬼都害怕，他把黑暗層層照亮。

爸爸將車停在氾濫的知本溪邊，小麥心內湧起不安，他的父親是這樣的著迷於賭博，帶著深深恨意，少數賭贏的時候，他能花錢找人來放電影、跳脫衣舞還願，小麥記得爸爸求明牌時，神經兮兮地看著一盤鋪得平坦的沙，堅信沙的紋路顯現出了某種數字，是那些害怕被毀壞的神像送給他的明牌。

這時爸爸要求小麥捧著寒單爺神像，將祂沉入河水，神像青紅交雜的面孔彷彿痛苦，那是一張確確實實屬於神靈的面容，當小麥將寒單爺送入河水，他發現手中的神像化為他小小的母親，神像大小的母親，臉孔青腫的母親，小麥閉上眼讓冰冷的河水流過胸臆。

當小麥最終轉過身，看見爸爸在無人的產業道路上低下頭，小心翼翼從身上取出那把黑星手槍，槍口放低，歪斜的目光對準小麥。

小麥想起爸爸那個「只要露出槍，就一定要發射」的理論。

「我們現在來比一下，看是你的炮快，還是我的槍快。」他爸猝然道。

這是不可能的，小麥一面想，顫抖的手一面從背包中拿出一把沖天炮，這是不可能的，炮再怎麼聲勢驚人，都只是小孩子的玩具。

「不要……」

「我數到十，你打火機先準備好。」

小麥咬著下唇，把打火機從口袋裡掏出來。

「一。」

點燃、等待爆炸的動作，小麥不知道做過幾百萬次了，這卻是唯一的一次，他感到害怕。

「二。」

「不要。」

「你就只有這個機會而已。」他爸卻說：「你就只有這個機會可以練習，你一定要做好。」

小麥死命搖頭。

「三。」他爸說：「四。」

小麥臉上泌出冷汗，沿著下巴滴落到地面，他面前的泥土地多了幾圈深色的痕跡。

「不要啦。」小麥小聲地說。

「七。」他爸賊笑一下，突然就數到七了，這時候小麥不知怎地也疑惑發笑，老爸怎麼連在這個緊要關頭都要出這種下三爛的千?突然又像遊戲一樣了。

「八。」

小麥趕緊點燃手中沖天炮的引信，而他爸在幾公尺之外拉下保險。

「九。」火燒得好慢，像在水裡一樣。小麥想起阿莉莎。

沖天炮飛翔的模樣很像一條高速泅泳的魚，小麥沒有聽見最後的數字，炮在他手裡已經等不及了，震顫著即將脫手，就要射出。他對準他爸，爸爸的槍口還是放得低低的，像在發呆一樣。小麥眼前一片白亮。

阿莉莎看著沉睡的小麥睜開驚慌失措的眼睛，他的眼睛在陽光照耀下是淺淡的褐紅色，非常美麗。

「你等我一下。」小麥說。他從背包裡拿出震動的手機，按下通話鍵。

阿莉莎覺得好奇，為什麼人剛從夢中甦醒時，看起來都像離水的魚。小麥在電話那頭跟別人爭吵著什麼，又或許只是幾聲冷淡的應對，這一刻，阿莉莎認為小麥看起來就像大人，這讓她不甘心。

「我要趕快回去了。」講完電話後小麥告訴阿莉莎：「我爸真的不行了，他們要我把剩下的錢還過去。」

阿莉莎壓抑著，突然沒頭沒腦地問：「你說你想要趕快長大成人嗎？」

小麥只是愣了一下，就想起他們在阿莉莎家時的對話，他點點頭說：「對啊。」

「我五歲就長大了。」阿莉莎試探著說：「五歲就長大成人，流了很多的血喔。」

「哈，有什麼了不起。」

怎麼會這樣，阿莉莎心中淤塞的地方竟因小麥滿不在乎的回答而溫柔地鬆解，她從未說過，幼時那次風災結束，她與一名至今再無相遇的陌生男孩一起離家，最後跑上停泊在港口的廢棄郵輪，郵輪繩索被風吹斷，他們在海上漂流了整個夜晚，直到海巡署發現。其後，阿莉莎的爸爸微笑著迎接她回家，翻開她的鰓，使她長大成人。

成為「人」的隔天，爸爸帶她去看了炮炸寒單爺，她第一次見到神轎上的小麥。

阿莉莎想要永遠與小麥在一起，她張開嘴，對著靠在她身邊、依然昏沉想睡的小麥「呼叱、呼叱」地噴氣，如果可以，她想流淚出一整片海洋，她想住在裡面，永遠不需要呼吸。

回到台東已是傍晚，小麥騎車送阿莉莎回家。

他們站在阿莉莎家的門口，聽見來自山裡的群鳥叫聲，兩人都沒有說話，阿莉莎身上的傷口已經漸漸結痂，小麥的手機不斷震動，阿莉莎覺得自己將沿著身上的疤痕片片碎裂，她希望如此，最好就在小麥面前徹底破碎。

從小麥的眼裡看阿莉莎，就像他在神轎上看望遠處的小女孩一樣，是一種溫柔的視線。

他騎上車趕赴與對方約定的地點，雙腿抖得誇張，途中經過宮廟，他停下來到路邊嘔吐，覺得無法再前進了，他瞥見廟中供奉的寒單爺神像，這次他沒有擲筊，迅速地用外套包住神像背在身後，神像的花臉，使他不可思議地鎮定下來。

電話裡對方要求的地點不是按摩店或夢裡的山林，而是杳無人煙的港口碼頭。長年棄置在此的報廢郵輪「蘭嶼之星」和「東方輪」，在布滿油汙的海水上輕輕飄盪。

小麥聞到海水腥鹹的氣味，他爸跪在一群人之間，有一張與母親相同、受苦的臉。人類只有在這種時候，最接近神靈。小麥慢慢地走上前去。

起先小麥嘗試與曾在按摩店見面的男子交涉，希望先以十萬元換得父親暫時的自由，讓他帶爸爸回家療傷，但對方不肯。

「你爸說你會玩炮。」男子說：「不然我們來賭賭看，是你的炮快，還是我的槍快？」

「如果我比較快，你可以先讓我帶爸回家嗎？」

小麥有種感覺，自己面對的人群是集體的幻影，他們安靜地觀望戲碼，不予置評，直到說話的那名男子伸出手，從小麥老爸的衣袋中取出他的黑星手槍。

「我會數到十。」他說。

小麥將外套袖子在腰際打結，背好神像，從口袋裡掏出打火機，老爸的聲音在他心中浮現：「只要拿出槍，就一定要有發射的決心」，忽然之間，他身後的廢棄郵輪「蘭嶼之星」船體上陡然出現了一個空洞彈孔，小麥揉揉耳朵，意識到並非沒有聲音，而是槍聲過於劇烈，使他耳鳴。小麥轉身跳上蘭嶼之星，氣喘吁吁逃過另一枚子彈。

隨著彈孔增多，他壓低身形躲入船艙，不知從何處來的光如蟲般自彈孔中扭動而出，小麥凝視眼前奇景，這時候一切都串在一起了，每一件事都有了意義，扭曲顫抖的光線、在小狗肚腹裡的寄生蟲……小麥伸出自己同樣殘破不堪滿是針孔的手臂，他手中僅有一束沖天炮與打火機，而寒單爺神像從外套裡露出一角，那目光炯炯，洞悉一切，此時他已經明白，原來那些奇景從他年幼時就暗示著他的結局——未來是絕望，他不可能逃離，當手槍出現，就一定要射出，這是生命的定律，但他依然點燃手中炮火，不是為了反擊，而是為了讓遠處的一個小女孩得以聽見，如果她能聽見，他就在最後的最後，至少命中了一次紅心。

阿莉莎走進屋內，在她的魚群面前忍痛脫光身上所有的衣服，不在意爺爺奶奶是否在家。她找出一面布滿灰塵的全身鏡，仔細地觀看自己，她的魚由於飢餓的關係，圍靠在魚缸邊緣同樣凝望著她。

她的身上滿是千萬傷疤，深深淺淺，已不可能痊癒了，但阿莉莎從未感覺到如此自由過，感覺上就像她已成為了別的事物，就像小麥在神轎上一樣。

阿莉莎於是想起幼時走在那條炮聲隆隆的街，有各式各樣奇形怪狀的人，臉上長著鐵棍的、血流滿面的、嘴含刺球的，但在古怪遊行的最末端，是小麥高高站立於神轎，炮火從他周身綻放，那是阿莉莎第一次見到心目中的神靈。這般模樣的小麥看上去神奇的美麗，閃耀著光芒，照亮黑暗。

阿莉莎慢慢地穿回衣服，拿著長柄撈魚網走出家門，夜晚已經到來，她堅持用走的，一步一步走向港口碼頭，遠遠地，她看見小麥和幾個沒見過的男人在講話，令她無比驚喜。她聽見數數字的聲音，小麥就在那裡，她從水裡走來，他從火裡走來……

突然間，一道響亮的炮聲劃破空氣，阿莉莎感到瞬間的暈眩，這聲音如此熟悉，又如此的令人傷心。

花

已經很多年沒有回來了。在外地的最後一晚，半夜睡醒，起床尿尿看見小玉坐在床頭說：「你回家看看啦，很久沒回去，花很寂寞呦。」我也不覺得害怕，就說好。

小玉過世也有七年了，坐在床邊的她看上去卻不是年老將死時的模樣。床邊的她是黑白的，像五〇年代老電影中活生生走出來的人物，二十歲出頭的美麗，一頭長髮烏黑柔軟，眼神閃亮。只當她說話時，聲音蒼老熟悉，我才想起眼前的女人是小玉。

我看過小玉以前的照片，實際見到她，遠比照片更加動人，小玉不斷閃爍的身影彷彿是在戲院裡的投影，飛舞的光塵也與戲院中穿透黑暗的光束一模一樣，隱約傳來電影機的運轉聲響，我轉頭看影像從哪裡過來，再回身時小玉已經消失不見。

我便徹夜打包行李，隔天趕回位於老街溪邊的舊厝。

以前小玉的老家在台北華陰街，那時木造瓦屋柱子特別厚重，一手環抱不住，小孩子摳剝木屑挖出白蟻，在落雨滴答聲中舔蟻為食，聊作打發時間。後來老厝因都更打掉，小玉婚後與家人搬遷到桃園中壢老街溪邊，入住一幢兩層樓有屋頂的透天厝，我記得屋頂在外公的照料下有了一座茂盛的花園。時值八月，黃蟬開到末尾，接著珊瑚藤、大鄧伯藤蓄勢待發。

滿園的綠，我回老厝時看見的就是這樣一幅景色。

·⊗·

從極樂歌唱茶坊狹窄的樓梯一步步走下來，眼皮上的假睫毛掉了一半，我伸手摘採放入短裙內的口袋。今天有個年約四十歲的客人，在沙發區靜靜地看望，我奇異地不感到爬行皮膚的厭惡，那個男人的目光十分溫柔，我朝他點頭致意，一個鐘頭後我下班，那個男人已經不在了，有時會遇到這種被老闆或客戶帶來，不感興趣的客人。臨走前經理暗示地問我什麼時候可以做S，我想起那個男人，知道經理很迷信，就表示要先到四面佛廟問問看，確定了再跟她講。

我走在清晨間藍色的老街溪旁，幾個晨跑的男人經過身邊，我把另一邊的假睫毛也撕下。

回到家，這老舊的屋子連門鎖都有問題，看上去好似被人破壞過，只能拿萬能鎖重新鎖住內鎖，等領薪水後再把整套門鎖換新，也不知道是不是錯覺，初次回來時我便覺得有人長住這裡，當時管理透天厝的放映師舅舅再三保證不曾分租給外人。

「倒是附近老流鶯跟流浪狗多。」舅舅說：「但她們不是壞人，如果有進屋子裡來，妳直接跟我講。」

我從未見過舅舅口中的老流鶯，流浪狗也幾乎不叫喊，只是偶爾存放的食物消失、衛生紙等物品消耗快速，時間久了，我也不以為意。

趁著天光還未完全透亮，我趕緊退到二樓，用一台使用多年的老筆電寫作一篇答應交給朋友的劇本〈帶家具出租的房間〉，改編自歐亨利的短篇小說，我希望能在劇本中表現異時同地的特性：前往尋找演員愛人的男主角，以及自殺身亡的女演員，在這個附家具出租的房間中，男主角不斷從前一位房客留下的零碎物件感覺到愛人曾在的線索，而最終死者的殘存也將使他選擇相同的結局。我讓女主角與男主角同在一個舞台，做著各自時間的事情，到結尾兩人一同躺臥床上共赴黃泉，實際上卻又是處於不同的時間，只有舞台劇才能做到這種效果，我與朋友討論清楚後，在今天寫下了最後一個場景，一直寫到還未卸妝的臉頰皮膚刺痛，天真正要亮了，我關閉電腦，抬頭恰好迎接穿透玻璃窗的晨曦，光線依然朦朧，一切是藍色，為了躲避光，我到浴室梳洗，終於舒舒服服地坐在幾近空無一物的客廳，擺弄老舊的投影機器，挑選小玉留下的電影觀賞。

小玉曾是五〇年代一名頗有潛力的女演員，據她本人所說，曾經「差一點」成名，卻在演過三、四部電影後銷聲匿跡，小玉開玩笑地說：「只是第二女主角啦。」我覺得這樣已經很了不起。小玉在接演電影中的角色之前也演過幾齣舞台劇，零星留下的幾張劇照美得超乎尋常，我從舅舅替小玉轉錄好的ＤＶＤ中找到她參演過的電影殘段，兩部知道年代的，分別是一九五七年的《心酸酸》以及一九五九年《最後的微笑》，另一部叫做《三姊妹》，我選擇《三姊妹》作為今天一日的結尾。

其實，我無法確知小玉是否真有在《三姊妹》中出演，斑駁的影像與斷斷續續的少女面容，絕大多數是舅舅四處尋覓得來的單幅畫面，劇情完全不能連貫，因為不能確定年代，我只能從自己對小玉粗淺的了解下判斷。我還在學校裡時，曾讀到日治時期築地小劇場的段落，其中一張小小的照片有著當時上演的話劇《三人姉妹》海報，我這時才輾轉意識到，《三人姉妹》實際上就是契訶夫的劇作《三姊妹》，我因此回想起小玉可能出演的這部《三姊妹》電影，殘缺不全的黑白影像所描述的故事，可能與契訶夫筆下的作品並無二致。

在閃爍的投影光束下我感到眼皮愈來愈沉重，看見小玉彷彿從面前的黑白影像裡徐徐走出，我甚至聽見了彷彿來自樓下的腳步聲。也是在這將睡未睡的時刻，我憶起小玉生前一段有趣的往事：小玉與家人一同搬遷到老街溪邊，對於空蕩蕩的屋子，小玉向丈夫表示乾脆在頂樓種滿花草好了，比較不會寂寞，疼愛妻子的男人同意了，花費極大的心力讓頂樓變得蓊鬱蒼翠，小玉卻是三分鐘熱度的性格，後來她成天看不見丈夫，得知他在頂樓長時間地種花，居然相當生氣。

「成天待在頂樓，根本是被花精迷去了。」

我一直很想知道小玉過去為什麼總是這麼說。

小玉帶著兩個孩子在台鐵火車上穿行，那是個非常寒冷的冬天，車廂內卻很悶熱，汗水從厚重的大衣與長裙中被逼出來，濕濡濡地潮熱著，小玉滿頭大汗，幾乎要把年幼的孩子提起似的催他們往前找座位，這時候，有個年輕女子迎面走來，她與小玉短暫地視線交會，居然低低地叫出聲。

「菁華？妳是演戲那個菁華吧？」

小玉很客氣地回答：「不是、不是，妳認錯人了。」同時驅趕孩子繼續往前移動，那名女子卻哭了起來，說些什麼小玉聽不清楚，走在前面的孩子回過頭好奇地看著，那名女子談起幾部片《心酸酸》、《三姊妹》、《河神之心》……小玉看上去突然就生氣了。

她本來像是個普通少婦的模樣，靜悄地行走在列車走道間，但當她生氣的時候，整個人都在發光發熱，她黑白分明的眼睛怒瞠，圓亮有神，她說了過去說過好幾次的話：「我不是菁華，我不是菁華，我沒演過《河神之心》，妳認錯人了！」

回家的路上，走過臭氣熏天的老街溪，小玉倏地停下腳步，牽孩子眺望底下灰白色的滾滾溪水，心思沉入遙遠的回憶。天氣實在太冷了，兩個孩子的鼻頭都凍得通紅，小玉又看了好一會，才帶他們回家。

那時家庭代工正興盛，小玉一面做著編織工作，一面教孩子寫字，從最簡單的開始，教他們寫母親的名字。

「寫『碧』。」小玉說。

「怎麼寫？」

「『王先生，白小姐，坐在石頭上』，好記吧？」

「寫好了，然後呢？」

「然後就是小玉的玉嘍！」說罷，小玉也拿紙筆寫起來，但她寫了一陣子，卻不見「碧玉」兩個字，她寫「菁華」，寫了一遍又一遍。

經理跟四面佛廟的人認識，我因此演了齣戲，買一籃花供奉於四面佛第一面，接著跪地發呆。直到黃昏時分，我才顫抖著雙腿走回家。

老街溪沿岸有一座中央公園，我常經過，過去小玉牽我一同到公園餵魚、爬樹，年幼的我總覺得這座公園實在太過龐大了，我們要走一整個上午才會抵達最後的魚池，彼時公園內的老樹也多，傘蓋般的樹蔭覆蓋整座公園，致使我有一種身處迷宮的感覺。公園重新整修後許多老樹遭到砍伐，陰暗處如今有陽光照耀，不再充斥鬼祟行進的人影，同時也不再神祕。

舅舅去年在公園播放了最後一次露天電影後，因心肌梗塞死去了，留下的碳精棒膠捲播映機、廟會酬神的器材均鎖在頂樓倉庫，我坐在過去播放電影的露臺前，看著來來往往的人潮。

這個地方經常有上了年紀的男人女人漫無目的地遊蕩，舅舅以前說，晚上不要過來，這邊是流鶯攬客的場所，而且專做底層人的生意，直到近年寶可夢大紅，晚上九點仍有年輕人在公園抓寶，那些流鶯也不知還有哪裡可去，我沒跟舅舅提起，早上就有假裝提著菜籃子或雨傘的老流鶯低調遊蕩，彼此競價攬客。

舅舅在這座公園播放好多年的電影了，從最早還有力氣搬動電影機的時候，到後來他已經無力搬運，買了投影機代替老舊電影機，他卻總說還是膠捲的顏色漂亮。舅舅出於擔心叫我不要來公園，我卻十分著迷布幕下方各式各樣看電影的人，其中也有流竄於陰影中的男女。舅舅說現在其實沒什麼人會看電影，倒是這些經常流連於公園的男女，他們對露天電影充滿好奇。

看時間差不多了，準備去上班，突然有種古怪的感受，我仔細凝視眼前的景象，看見一個老女人，同樣假意提著菜籃子，實際上是要攬客的，她長得十分面熟。

我想起黑白色的鬼魂，端坐在她床邊無聲微笑。我幾乎是追逐過去，老流鶯卻已淹沒在日落時刻曖昧不明的光線裡。

那個老流鶯長得好像小玉。我想。

上班時間快要來不及，我匆匆走進極樂茶坊，打卡準備工作，經理一面講手機一面竊看，似乎滿意於我在四面佛前的表現。此時昨天那名眼神溫柔的男子坐在相同的沙發區，好奇地望著我，彷彿無聲地詢問：妳為什麼會在這裡？為什麼選擇這樣的工作與生活？我無法回答，日常生活中的微小龜裂，將隨時間一點一點蔓延破碎的痕跡，不知不覺，我已經成為這樣的人，我有過選擇嗎？不記得了，可能有過，我一直在想，女兒會重蹈母親的命運，她也是這麼盼望的……母親對女兒的關心伴隨著一種同病相憐的可笑，譬如母親過去被男人占便宜，所以當女兒在外面吃了虧，母親便也帶著一種訕然，似乎篤定女兒到了與她相同的年紀也會是與她相同的樣子，到了那時候，母親就會以過來人的身分與女兒互舔傷口吧。

我說不清楚是從什麼時候開始，生活逐漸走調，日常中的微小龜裂，起初是一件漂亮的黑色羊毛外套，我在一間精品店買下它，到了手上，卻感覺混紡的羊毛外套上參雜了黑色以外的細小白毛，星星點點漫灑在毛料表面，那微小的星點令人發狂，我用細針勾起白毛，幾個小時幾個小時過去，我執著地勾起白毛。

到了後來，為處理這些肉眼幾不可察的未爆彈，我花費大量的時間，我忘了清洗骯髒衣物、倒垃圾、喝水與用餐，因為光是要解決這最細小的問題，我已經虛擲了一整天的光陰，我被所有枝微末節的龜裂痕跡淹沒。

睡眠成為另一種人生的可能，我無法上課、正常吃飯，待執行的事情日積月累，我所能做的只剩下閉上眼睛，進入夢鄉。我在研究所期間被診斷出嗜睡症，醫生沒有明講，但我認為是大學時強迫症需要服用的舍曲林引發，每天早上兩顆，我後來不再吃了。直到現在，當我入睡時我不作夢，不知怎地，倒是經常浮現過去僅有一次潛水的經歷，我知道為什麼，我和前男友是在那段旅行中認識的。

母親說她總是遇上爛男人，「妳大概也差不多」，她彷彿預言者一般對我揭示，無可挽回的未來。

我替男子倒酒的時候，他拍了拍身旁染上汙跡的沙發位置，我順從地在他身邊坐下，隔壁包廂隱約傳來其他同事與男人玩鬧的吵雜聲，相較之下沙發區無比安靜。迴旋轉動五彩斑斕的燈光，使我有種身處海底的錯覺。

「妳是這裡的人嗎？」

我搖頭：「不是，但我外婆以前住在老街溪。」

「妳現在住在老街溪附近？」

「是的，我住在『鬼屋』。」我脫口而出，瞥見男人興味昂然的眼神。

「妳說真的？那個地方很久沒住人了，不是廢墟嗎？聽說裡面鬧鬼，之前還有流浪漢闖入，那是妳家人的房產？」

我只能居住在這樣的地方，我告訴他，因為生病的關係一直日夜顛倒，工作也做不長。算是沒話找話，我跟他說了我在中央公園看見老流鶯的事情。

「妳看到一些老男人跟她們在一起吧？」他說：「年紀都一大把了，也不能怎樣，他們的交易內容通常只是到一間便宜的汽車旅館，為彼此洗個澡，這樣的互利關係，很有可能已經持續了許多年，他們有非常深厚的情誼。」

不知道他如何能夠得知，但我想起有一次和客人到火車站附近的旅館休息，那是一間便宜普通的小旅館，房間倒收拾得很乾淨，白色牆面裝飾的不是常見的西畫或是沒有版權的人像，而是一張張老街溪的舊照片，客人恰好是當地人，彷彿被激起了什麼心思般急切地對我解釋，過去未開發前是怎樣一片翠綠的景色。

「不過有一陣子為了解決攤販過多以及停車位不足的問題，區公所把這條溪封起來了，溪上有了空位讓商家租用，是當時第一大的公家違章建築哩！」

那位客人是個上了年紀的老先生，已經談好洗澡的服務，我讓他半坐在加滿水的浴缸裡，水溫略燙，他卻沒有抱怨，閉著眼溫順地任由我按摩他瘦骨嶙峋的身體，此時這個照料他身體的人，似乎滿懷慈悲，無限的溫柔。他彷彿知道，自己在未來的某一天將再度被輕緩地擦洗，置入一方小小的棺木之中。

天亮前我回到家，門鎖出現新的撬動痕跡，直覺地想打電話給舅舅，才想起他已不在了。但他真的不在了嗎？包括他所收藏的碳精棒播放機、捲著菲林底片的鐵盒依舊滿坑滿谷。他調整碳精棒的位置時，一長一短的碳棒前端發熱發紅，他的臉上也布滿汗水，一面與我說：「這個距離的位置要拿捏好，不能太近也不能太遠，要剛剛好碰到，製造出最好的光。」對舅舅而言，播放一部電影的技術如何，就全看光線的拿捏。長年凝視碳棒的光，讓他眼睛經常酸澀，他會拿出拭鏡布小心的擦拭眼鏡鏡片，最後才跟我提起小玉：「她到了某個年紀，就變得有點怪怪的，好像是精神失常吧……原本我們搬到老街溪附近的屋子，她說想在屋頂種花，你也知道，外公很寵她，就真的在屋頂種了一大堆花花草草，因為數量太多了，你外公直到晚年一天裡的所有時間都消磨在頂樓，就連吃喝拉撒也在頂樓，小玉多吃味呀，居然說丈夫是被花精迷走了，也不曉得哪裡來的念頭，往後就常常聽她講，說家裡有花精……」

我打開電腦，點開桌面寫著「小玉的日記」資料夾，裡頭有數篇殘缺不全的文字檔案，我打開其中一篇文章。

小玉第一次發現事情奇怪，是在拍攝《心酸酸》一幕的時候，Eyemo 攝影機正「的的」地運轉著，導演臨時喊停，彼時他們租用了旅社的一間房作為場景，小玉飾演女主角的女傭阿玉。

「你啊，可以像在《河神之心》裡那樣，表現出自然的憂愁嗎？」

小玉覺得莫名其妙，心想導演是把自己跟哪個演員搞混了吧？她沒有演過《河神之心》，而且自然的憂愁又是什麼？小玉重新做出動作表情，好不容易過關。

趁著換膠捲的時候，小玉與一名工作人員詢問導演的失常：「王導說什麼

《河神之心》？」

「唉呀，他是搞錯了吧，很多人都說那部片女主角長得像你，或者是說風格挺類似的，最近新人輩出，也不能這樣搞混嘛。」

如果真是這樣就好了，在片場的最後幾個星期，事態的發展卻愈來愈離奇，似乎愈來愈多人相信小玉在《河神之心》裡演過第一女主角。

到了後來，每個人都說小玉在《河神之心》裡的演出，是她在其他作品中都望塵莫及的，但真正詢問這些人《河神之心》在演些什麼？哪一年的作品？導演是誰？哪家戲院放過這部片，卻沒有一個人說得出來。

小玉十分傷心，她回家遠遠地看見丈夫漢卿正在做飯，跑過去站在他身邊，雙眼直勾勾盯著炒菜鍋看，廚房後方的天井懸吊著櫻桃木煙燻過的老臘肉，湘菜的氣味形成一股令人安心的氛圍。

會和漢卿認識，原本是小玉的女朋友美娟拉她陪伴，知道是要和男性會面，小玉也就義不容辭。

那天來的是個打扮體面的英俊男人，穿著西裝，自稱姓林，名漢卿，他們坐在淡水河邊的茶館準備喝茶聊天，最開始卻誰都沒話，非常尷尬。

小玉點了飲料和飯菜，餐來時，她餓得大口吞食，聽見對面傳來一聲笑，抬頭看，發現是林漢卿正笑吟吟地望著她，突然之間，小玉就一點也不緊張了。

林漢卿是警察，恰好華陰街一帶是他的管區，過去曾有一段婚姻，但他只提了一次，這個男人太多祕密了。小玉想。但在這個時代，似乎只要是男人，都有很多祕密的。小玉只知道他是外省人，以前也不叫漢卿，十七、八歲跟著蔣中正「十萬青年十萬軍」的口號到台灣，然後便是迅速的幻滅，他做了逃兵，當時一片混亂，同鄉介紹他當警察，他順道就把名字改了，年紀輕輕，生命已從頭再來。關於這個男人的一切都不能相信，小玉卻覺得好玩，和同年齡的女子相比，小玉太出常，他們第一次見面她就穿一件無袖的長洋裝，露出細長臂膀，很久以後，當他們結婚生子，小玉才知道漢卿喜歡皮膚白的女人，本來是想追求她朋友美娟，是在那天他們碰面，小玉偏偏穿了一件時髦衣裳，平素不會被太陽曬到的腋彎肌膚若隱若現出白皙，漢卿一直在偷偷地看。

「這個老色鬼！」

我試著加上新收集到的資料撰寫後續，卻聽見小玉的聲音，我轉過頭，看見尚未關閉的投影機仍在運作，畫面中不知道是不是小玉的少女，開朗而謎樣地微笑著。

打從我認識小玉，她已經瘋瘋癲癲、只相信花精。小玉出現在我床邊時，我想詢問她關於花精的祕密，台灣的民俗誌與文化史中，並沒有太多相關的記載，花精似乎向來被分在山神妖物一類，不曾有人像相信愛爾蘭矮妖那樣相信花精的存在，沒有人信仰祂，突然地，我想著祂是否會感到寂寞。

我打開頂樓花園的小燈，藉著一蕊燈火觀看夜晚植物群的輪廓，這個地方已經荒廢太久，雜草與各種不知名的小花任意滋長，外公種植的桂花也日漸挺拔。仔細看，炮仗紅與紫藤花都已開過，珊瑚藤尾巴並秋季的大鄧伯藤纏繞二樓屋簷，蔓延整片綠意昂然。北部天氣下的頂樓花園一向潮濕，露水紛陳，幾十年歷史的桂花和樹蘭緊靠牆邊，默默滴水，我試著挖掘球根花卉，將水仙與孤挺花區分開來。工作到一個段落，累了便伸手搓揉薄荷或檸檬香蜂草嗅聞提神，這頂樓花園彷彿有魔力，讓低頭忙碌的人迷失自我。我隱隱約約，想起小時候初次走進花園，那時假山水池建構出曲折的路徑，桂花的巨香持續一整個春天，混雜外公備下的屎尿肥料惡臭，我居然在這頂樓花園裡迷路過，走到哪都是綠色樹林，都是臊甜氣味沒有盡頭……

就在這時，我看見一雙隱藏在黑暗中的眼睛。

是錯覺嗎？那瞬間我非常驚慌，但仍然假裝並未發現，我繼續處理花園中的植物，逐漸在陰影中辨認出闖入者的輪廓：那是一名年老的女人，幾乎有六十歲，我想到舅舅曾提起的老流鶯，她看上去就是那樣的打扮，明明已經上了年紀，依然塗抹口紅，穿著五、六〇年代鮮豔異常的服裝，此時正費力讓樹影藏住自己。

我無法看清她的面孔，只知道當我走向花園另一角，她靜悄而笨拙地攀過屋頂圍牆，從隔壁無人的空屋中離開。

不知道為什麼，我覺得她好像在尋找著什麼人。

舅舅曾囑咐我多加小心，但那名老流鶯的身上有些東西使我不忍，我躺在床上翻來覆去，想了又想，終於意識到她就是我昨天在公園看見形似小玉的老女人。

天快亮的時候，我寫下今天的最後一段文字：

拍攝《心酸酸》期間，小玉懷孕了，在肚子明顯膨脹前戲殺青，她與漢卿的第一個孩子是女孩，漢卿說，那就取個湘字吧。

小玉仍沉浸在不曾出演《河神之心》的迷惑中，她收到其他片約，幾乎每個人都稱讚了她在該片中的表現，希望讓她在新片中飾演第一女主角。而漢卿的過去突然如鬼魂般款款而來，不動聲色，嚇死人不償命，倒也令小玉暫時分了神。

女兒就叫湘君，漢卿説，意味著這孩子是湖南的女兒，濂溪河流經道縣，與瀟水會湘水而成湘江，湘江流經廣袤故土，從他出生的小村莊緩緩流向長江，最終走入大海。

背著她丈夫，小玉悄悄做了個鬼臉，她不知道，真正的鬼魂要待她坐完月子以後方來拜訪。一位小玉剛入行時就認識的前輩生日，請她與漢卿上戲院看內台戲，小玉便將女兒交予美娟照料，攜漢卿赴會。

幾年前「拱樂社」主演的《薛平貴與王寶釧》正獲得巨大的成功，小玉十分喜歡在成排木椅的戲院看舞台內正上演什麼有趣劇情，演員耍雙槍，樂師奏鑼鼓，顯得熱鬧非常，幾套武打動作下來觀眾更是驚呼連連，瓜子殼滿地都是。他們在煙霧瀰漫中尋找空座位，舞台上是一名年僅十六歲的少女主演〈陸文龍〉。

左側坐著漢卿，小玉右側是一名她未曾見過的男子，對方似乎認出了漢卿，越過小玉對他打招呼。

「這個獨挑大梁的角色看上去年紀很小呢，不知道叫什麼名字來著？」男人像是無意地問。

「只知道姓楊，年紀小也沒什麼不好，演得挺精湛的。」漢卿平淡地回答。

「我倒覺得不好，尤其您到這邊看戲，會讓人很有壓力，她年紀小，都嚇哭了……委員會還在制定什麼規章限制演出，假如他們要准演證，肯定得討好討好您吧？」

「沒那回事，她哭是因為陸文龍發現自己的真實身分了，不是嗎？」正是如此。小玉沒插話，任由兩個男人越過自己低聲交談，又感到十足的厭煩，這種時候，在這種地方討論這種事情，應該要覺得相當不合適才對，男人真是不識時務。

舞台上五光十色，特殊的機關布景可一景化五景，戲演到高潮處更是眾人落淚，在使人目眩神馳的場合裡，小玉突然看見了自己的雙生。

她打斷漢卿與男人的交談，低聲問丈夫：「你有沒有看到那個女人？」

「哪個女人？」

「那個站在帷幕邊的女人，她長得和我一模一樣。」

舞台帷幕邊有一張若隱若現的臉，未施脂粉也不像其他演員。那個女人一直以一種深沉的目光看往他們方向，小玉被看得背脊發涼，水銀燈的光芒中，那女人的臉孔彷彿融化了一般，小玉從來沒有見過那樣的臉蛋，當小玉仔細看她，覺得她與自己長得一點也不像，那女人比她美多了，渾身上下散發著一股巨星風采，奇怪的是現場這麼多人，卻沒有一個人注意到她。

很多年後，小玉對著一卷菲林底片說：「早知道，那時就帶漢卿到後台找你說話了。」

那個女人如此美豔，卻也如此寂寥，從頭到尾，似乎都只有小玉注意到她的存在。不可否認的，小玉感受到某種威脅，大抵是那名女人與自己相仿的氣質吧，好似假如自己一個不小心，她就會前來取代自己的位子，奪走她的工作、她的丈夫與她的孩子。

從戲院返家後，小玉整整大病了三天三夜，夢中不斷聽見女子銀鈴般的笑聲，女子的面容姣白，想要細看五官特徵，卻發現她的臉面層層外翻綻放，猶如花瓣一樣，幻變不已。小玉清醒之後，第一次說了「花精」二字。漢卿找來廟中道士，畫符水給小玉服下，問她是遭遇到了什麼？怎麼會失神至此，卻無人能夠給予明確答案。是中邪了？被妖物驚嚇？小玉卻始終堅持是工作勞累所致，某天早上將身子清洗乾淨，祛除陳穢，漫不經心地對漢卿說：「你別為我心煩了，我們都還有想做的事情，還有孩子要看顧呢。」那天，小玉偷騎她丈夫巡邏用的鐵馬去拍戲，漢卿以為公家車被偷了，急得滿頭大汗，小玉休息時打電話對他坦白，還因惡作劇成功笑得停不了，漢卿根本捨不得罵她，摸摸鼻子自己把車騎回去。

後來總有人問小玉，妳有演過某某片子吧？小玉回答沒有，那人便說，可是裡面有個演員好像妳喔！小玉將這些人提到的每部片子都看過了，他們提到的女演員在演出表上都沒有重複，長相也大不相同，但不知道怎麼回事，每個人都說是她，尤其是《河神之心》這部電影，明明從未拍攝過也從未上映過，卻幾乎所有小玉認識的人都聲稱看過，以及，她在裡面演得真是好！

那年代全台灣戲院將近三百家，十年左右台語片拍攝數量累積達千部，小玉曾安慰自己，是這電影的狂潮讓所有人搞混了吧，把某部片想成另一部片也是無可厚非，但《河神之心》並不像一般電影，它出生於謠言，茁壯於謠言，最後步履款款走入現實。

於是有一個鬼魂般的女演員出現了，這個女人長得像小玉，也使用和小玉類似的藝名，小玉叫菁華，這個女人叫清華、青華或者精華，好多人都說這人演得厲害，卻說不出這個人是誰，後來大部分人則認為，這女子就是小玉，清華與青華等等的名字只是誤植。

小玉永難忘懷夢中千翻百摺的花瓣臉龐，有一段時間，她一面拍戲一面尋找《河神之心》這部最初被花精寄生的片子，卻從未成功。

我記得自己小時候看過《河神之心》。

可以說，正因為《河神之心》裡那名黝黑膚色的小男孩在水中泅泳的模樣，才使我決定休學後到離島學習潛水。在我模糊的記憶中，這部電影奇異地有些科幻色彩，全片為黑白，人物完全沒有對話，也沒有配樂，卻有著古怪的背景音，我深深記得片中不斷重複的工業時期機器運轉的轟轟聲響，故事主角是一名像是原住民的男孩，他與家人生活在汙染嚴重的河川附近，一條長滿紅蟲的下水道中，信仰著一乾淨清澈的水源，該處被稱為河神之心，這部片從頭到尾，都著重在男孩深入下水道與汙染河川中收集某種零件，並將其組裝起來，最終成為一組水中呼吸裝置與水中推進器，穿戴上這些裝置，讓他得以在暴漲的河水中呼吸與穿行。

年幼的我滿心期待男孩組裝好機器，最終前往河神之心。

我瞞著母親從研究所休學後，決定將剩餘生活費用來學習潛水，當時比起真心對這項活動感興趣，不如說是希望能短暫地逃離現實。

獨自坐船到昔日關押政治犯與各種重刑犯的島嶼，如今卻變成商業化的觀光勝地。我在那兒遇見了「教練」，直到現在，我其實還記得他的名字，只是那個名字近似暱稱與綽號般的淺白，完全無法呈現他對我舉足輕重的意義。

潛水證照寄到家裡的時候，母親拆閱了我的信件，對於我私自休學並遠赴離島潛水，她沒有任何責罵，那雙彷彿具有預知能力的眼睛卻狐疑地望著我，無言地詢問我是否已經重複她的運命。

在陸地上和教練第一次見面，他身材瘦削，有點像猿猴，不是非常好看的人，但非常健談。他替我安排住宿，把房間鑰匙遞給我的動作使我聯想到飛魚奮起時翅膀的弧度，第一天訓練他仔細地教導我如何裝卸裝備並穿戴妥當，那時我心中產生遺憾，假如小玉也在的話，說不定能夠與我討論《河神之心》裡小男孩組裝裝備時的步驟，是否跟我現在所學習的事物相似。

小玉從來就沒有潛過水，關於這點我非常確定，但她卻在那個連潛水本身都還不太流行的時代裡拍了《河神之心》這部片，究竟是出於什麼原因，長年以來我一直感到好奇。當然，小玉也極有可能完全沒有聯想到潛水，但我記憶中《河神之心》裡小男孩組裝的裝備，看起來就像如今我握在手中的整副BCD（Buoyancy Compensator Device）浮力調整裝置。

第二天教練讓我們練習跨步式入水，我因為沒有扶好水鏡以至於嗆咳連連，他趕到我身邊檢查狀況，再三囑咐正確的入水姿勢。我的後頸被陽光曬得發痛，他向其他學員提出建議時，似乎也總在偷偷地觀察我，就像擔心我一不注意就消失在水中一樣。

訓練中的兩個晚上，我除了閱讀教材以外，也記錄潛水時的要訣，其中我對氣體麻醉有強烈興趣，晚間的學科課程，教練提到氮醉如何使一名經驗豐富、受過專業訓練的潛水員在深海做出頭下腳上拚命旋轉的動作。那感覺應該很舒服吧？在其他學員的笑鬧聲中，我近乎虔誠地問，令他投以深思的眼神。

第三天我們即將前往開放水域，那是比平靜水域危險多倍的地點，但終於能夠進入深水，所有人都很期待。我們背著沉重的裝備沿礁石海岸走入溫暖的碎浪，一個接一個朝水鏡內側吐出唾沫均勻塗抹，以便除霧，穿戴好蛙鞋與水鏡後，教練率先潛入水底綁浮球拉線，讓我們稍後可以順著繩線抵達目的地。我們下潛至約七米的海底，由於漲潮的關係，實際上可能到達九米。進入水中，波長最長的紅色光先消失，接著是黃色，最後是紫色，到了海中，顏色逐漸消亡，而且無聲，只有口中從調節器吸入氧氣時的特殊聲響，氣泡從雙頰成串冒出，水母般扁平地朝水面飛去。

那天海象不好。是我聽他跟礁岸邊的一名漁人說的，我不知道那是什麼意思，展現在我眼前的海湛藍且閃閃發亮，充滿誘惑，逗引人們心中一絲冒險的興致。後來他跟我說，同樣的海看久了就會知道，平靜的海看上去格外美麗的時候，就是最危險的時候。我問海也有這樣的心機嗎？他搖搖頭：不是的，海其實非常溫柔，它的美麗就是一種警告，而我們必須弄懂它真正的面貌。他的話，令人費解。

那天我們本來只要潛到九米深，最多就是九米了，可是下潛後不到十分鐘，我感覺到來自海洋中的風。水流一陣一陣，愈來愈強勁，我想起《河神之心》裡小男孩潛入深河遭遇的第一次危險，巨大的石頭擋在水底，因此造成會致人於死的下降流，男孩在千鈞一髮之際正確操作水中推進器，反而搭上與下降流相反的湧升流，順利回到水面。只是真正發生在我身上時，強力水流讓我驚慌失措，視野所及一下子失去了教練與其他學員的蹤影，我太過恐慌，從今往後，我都不會有過比這次更接近死亡的經歷，所能做的只是用力壓住面鏡與二級頭，珍重地吸入每一口氧氣，我感到自己正在下沉，當回過神來，已經身處一片近於黑暗的深藍。

據說身處海中，二十米之後是全然黑暗，我不確定自己當時在多深的地方，又因為一隻蛙鞋脫落，險險掛在腳趾，好不容易翻滾著穿回，身處海中央，似乎會無法分辨上下方位，因為重力已經失常，至少不像是在陸地，無法藉由重力判斷海面，那一瞬間我強烈地恐慌並且絕望，差點亂了呼吸，吁出的氣泡往頭頂處漂浮，我按住水鏡抬頭細看，隱約的陽光在上方閃爍。太好了，並沒有距離水面太過遙遠，只是不小心偏離了浮球位置。我檢查左手邊的壓力表，竟發現數字只剩餘二十。身處海中，似乎連對時間的感知都不相同。我正想踢動蛙鞋回到水面，腳踝倏地出現一股惡作劇般的壓力。

我低頭看去，竟是小玉，不，應該是長得像小玉般的某種「東西」，在水中，色彩逐漸消亡，若不是我正吸著即將耗盡的氧氣，眼前的景象真會使我誤以為我正身處黑白影像的《河神之心》場景，男孩的母親坐在河岸，含淚送走即將踏上冒險的兒子……我困惑地望著她，大量氣泡淹沒視線。

水裡的小玉也是黑白的，面容隨水流晃漾變化，可我知道她是小玉，至少是希望表現出小玉的樣子。她含笑望著我：女兒總是會重蹈母親的運命。我呆呆地與她對視，漸漸呼吸困難，那是小玉的聲音，以五、六〇年代台語片的輪轉口條細緻地傳達到我耳中。

緊接著我被拯救了，不知道教練怎麼發現我的，但他確實找到我。他抓住我、穩住我，試著查看我的壓力表，我好不容易回過神，比出氧氣即將耗盡的手勢，接著將手掌靠近嘴唇：可以分給我氧氣嗎？

沒問題。

等一下要怎麼辦？

我們把ＢＣＤ的空氣完全放出，接著踢動蛙鞋，準備上升。

他將備用二級頭遞給我，所有的語言，都在黑暗與靜止中失去意義，我記得還在平靜水域時他對我的教導，我咬住他的備用二級頭，用力得牙齦發痛，但我終於吸入一口純粹完整的氧氣，他握住我的手肘，我們開始飛升。

直到水下五米處，我仍沉浸在不久前看見的奇景中，同時由於耳朵的壓力一直無法完全平衡，我只好停下來，試著告訴他我不舒服。

我們便在五米處停留約三分鐘。在那三分鐘裡，他專注地搓揉我雙耳下方的小小凹陷，調整水鏡的鬆緊、捏緊我的鼻子，讓我用力噴氣，他專注地與我對望，那一刻，他彷彿是比陸地上作為人類的身分時還要更為高貴的生物，我試著以尚未被發明的手勢告訴他。

你可以愛我嗎？

不知道為什麼，當我這樣詢問的時候，遠比在水底迷失時更為害怕。

你可以愛我嗎？

他明白嗎？在水底，我看見濕漉漉的鬼魂。

你可以愛我嗎？

我曾經看見小玉，或者在海底，我看見那個黑白色的、由精怪變成的鬼魂？

那是真實的嗎？或者是氮醉的關係，我已經失去判斷的能力？

三分鐘過去，我們繼續往上游，終於破出水面，陽光讓我雙眼刺痛，嘴唇上方一片溫熱，我發現自己流鼻血了。

「沒關係，是因為你做耳壓平衡時太用力了。」他的聲音溫和地在我耳邊說：「鼻子是很脆弱的器官，下次要小心一點才行。」

我點點頭，全身發抖，還沒有從大難不死的恐懼中恢復，我顫抖地說：「剛才在水裡，我看見死去的外婆。」其他學員正圍靠過來，聽見我的話哈哈大笑：「妳不會是氮醉了吧？」

「沒有啦，不要亂講，那連二十米都不到呢。」教練護在我面前，想了想又改口：「但每個人身體狀況不一樣，也許她真的是醉了也說不定。」於是，第三天的課程就在眾人取笑我酒量不好的談笑中結束了。

現在回想起來，小玉是想警告我什麼吧……不是小玉，而是花精，因為水中那電影場景般的離奇畫面，使我信了小玉生前彷彿精神錯亂般地喃喃自語，同時水中小玉隨水流模糊晃蕩的臉龐，也像她最後幾年病榻上形容花精的夢囈。

我是在那時開始相信小玉口中的花精真實存在。

儘管這樣，我還是漠視祂的警告，犯了錯。

我不覺得有任何需要懺悔的地方，從小到大，努力保持乾淨，努力成為一個好人，不犯任何過錯，卻仍然會被他人弄髒，這是沒有辦法的事情，應該是說，活在這個世界上，不去妨礙他人，總是盡全力保持潔淨，別人也依舊會陷你於不義。既然如此，就不要害怕弄髒自己，我想，我已經髒掉了，這就是我，我再也不在乎！就像那件永遠無法挑乾淨白色細毛的混紡羊毛外套，那些我竭力處理的日常瑣事，洗衣服、掃地、擦窗戶、吃飯、倒垃圾……我堅持的這些細微之物，終究會被一次惡意的暴力摧毀其秩序。

小玉與漢卿的第一個孩子湘君，夜晚從不啼哭，有時候，小玉好似聽見了半夜形似自己的女人溫柔安慰著湘君，漢卿卻總說是她想多了，家裡沒有別的女人……她怎麼知道？她就明明看到了。某個夜晚漢卿在身旁突然坐起，悄然離開床榻，光腳騎上鐵馬，踩呀踩在無光的街道上，小玉連外套也來不及披，著急地跟出門，見丈夫車停在街角，一蕊水銀燈般的光照下，小玉看見與自己近乎一模一樣的女人，隔著一條街與漢卿微笑。

漢卿還夢著，什麼也看不見，只是站在原地如同著魔，小玉安靜地到漢卿身邊，拉拉他的手，凶狠的瞪視對街那名與她相仿的女人，心中湧現怒火，真是夠了！到底要纏著她到什麼時候？小玉無聲地詢問，女人的神情漸趨哀傷，小玉從未見過那樣一張全然代表悲痛的表情，轉眼間，女人已消失。

《三姊妹》拍攝中途，小玉發現自己再度懷孕了。那名女人的模樣以及漢卿半夜遊走的經歷，致使她無比憂慮。

便在這樣的時候，丈夫過去的鬼魂二度找上門來。

打從小玉與漢卿結婚，偶爾會有人帶禮拜訪，希望他以作為警察的身分多多幫忙，幫忙什麼，小玉從來都不清楚，只知道漢卿囑她燒水倒茶，她總要長久的燒一壺水，直到訪客攜禮而歸，漢卿從未收下，但也從未拒絕這些人的求助。

現在有很多人被抓。漢卿說：我們能做多少就盡量。

有一回，是與漢卿同鄉的一名畫家來找他，極少數漢卿讓小玉倒了茶之後留下，小玉記得非常清楚，那時漢卿剛回家，還穿著警察制服便莊重嚴肅地與畫家交談，原來這人也是出身湖南道縣，因為曾做過一陣子畫電影看板的工作，漢卿想起小玉，不忍在這件事情上將她隔絕在外，她倒也懂事，十分乖巧地坐在一旁，專注於沉默與倒茶的動作。

「如果我沒記錯，夫人演的《心酸酸》看板我也畫過，好電影哪。」

啜一口茶，漢卿直接道：「你啊，怎麼淪落到這種地步？」

畫家顯然愣住了，良久才嘟囔著回：「什麼話⋯⋯」

「你會來找我，總有事吧？這幾年聽說都在畫電影看板？」

「嗯，雖然電影看板挺有趣，但我最喜歡畫的還是國畫，尤其喜歡山水風景，畫些花草植物，賺不了多少錢，我就也畫別的，幫人家畫了一幅壁畫⋯⋯」

「然後呢？怎麼這樣就被盯上了？」

「老漢，我畫了向日葵，可能沒人喜歡吧。」說罷，兩人相視搖頭。

「你現在都畫什麼？」

「畫什麼啊⋯⋯」他笑：「我畫河流。」

他們聊到黃昏時分，畫家在桌上鋪了幾尺長的水墨畫，皆是河川景致。「你看，這是濂溪河，我們以前住的村子口。」漢卿指著其中幾筆墨色道：「湘江黃昏河畔，甚美。」小玉緊繃的看他們討論一幅畫的價錢，是作為警察的漢卿一個月薪水，好幾次小玉想出聲制止，那些畫有些邊緣破損泛黃，看上去幾無價值，漢卿卻用溫柔的眼神一張一張小心翼翼地翻看。

他們談好買下了幾幅畫，那名畫家臨去前，數度要與漢卿鞠躬，卻被制止，他們握了握對方的手，這是小玉見過最為安靜的告別。

「他的畫有這麼重要嗎？」

「你不懂，他是和我同一個村子的……你知道周敦頤嗎？他是周敦頤的後代子孫……」漢卿垂下頭：「想不到也淪落到這種地步了。」

幫助畫家對於漢卿或許有特殊的意義，但小玉不明白，他們已經非常窮困，無法再幫助更多人了，除了拍戲的片酬之外，她做手工、費力找配方調製洗碗精賣給工廠，也堪堪貼補家用而已。而那名古怪的女人則繼續在她的事業穿身而行，依然有人將她與她錯認，依然有人以為她就是她。

到了後來，連小玉都不曉得自己是誰了，她真的拍過《心酸酸》這部電影嗎？假如她拍過這部片，怎麼不可能也拍過《河神之心》？莫非她真的精神錯亂至此，已經什麼都搞不清楚了？

《三姊妹》拍攝結束時，小玉面色蒼白坐在椅子上休息，戲中同演的何姊看見，走過來問她是否身體不適？小玉答：「最近應酬多，心裡疲憊。」

何姊聞言立即坐在她身邊，握她的手，輕聲說：「如果這麼不喜歡，也許代表妳不適合拍戲。」

小玉點點頭。

「有誰為難妳嗎？」

「沒有。」

「那怎麼哭喪著臉呢？來，笑一個。」

小玉勉強咧嘴一笑，她是習慣如此了，別人要她笑，她立刻就能笑得如花似玉。

「真漂亮，小玉，確實沒有人為難妳，讓妳做不願意的事嗎？」

小玉搖頭，眼淚卻落了下來。

「是啊，是啊，女兒總會重蹈母親的運命，有話是這樣說的。」聽見何姊道：「但不是的，不僅僅是如此，所有的女人，都會重蹈女人的命運……」倏地壓低聲音急切地說：「這個圈子太複雜了！小玉，妳是個單純的女孩子，如果真的痛苦，就得趁還有機會時趕緊離開。」

小玉接過何姊遞上的手帕，將眼淚按去，感到再也忍無可忍，她已經快要崩潰了。當小玉決定不再演戲的那一刻，似乎可以聽見花精隱隱的輕笑聲。

時常到極樂歌唱茶坊的男人姓王，他要我叫他王大哥，覺得這樣聽起來年輕。我們第三次碰面的時候他提議等我下班，可以一起到公園走走。我曾收到很多次類似的提議，從來沒有一次答應，王大哥的語調輕鬆自在，使我覺得拒絕反而是一件羞愧的事。

下班前經理又來找我談論工作的事情，似乎對於我還不能做出決定感到無奈。

「其實妳不做也無所謂，妳這個人，一點也不活潑討喜，可能還是維持現狀最好了，對不起呀，好像一直在強迫妳的樣子。」她順便關心了我的病況，我說自從來到這裡以後好多了，我發現身處黑暗中我就不想入睡，如同待在深深海底的感覺，我沒有必要在黑暗中逃避，睡眠障礙因此調整過來，我啊，或許就只是單純的夜貓子吧。

「衣服的部分呢？」

我聳聳肩，那件羊毛外套上的白色棉絮，我挑了整整三年，直到現在都還沒挑完。

經理聽完就笑了，說我真是個有毛病的孩子。

離開昏暗的茶坊，我才發現王大哥等在街角，陽光下的他原來左腿受過重傷，小腿整段切除，他不用枴杖，只裝義肢，固執地一手抓住傷腿，搖搖晃晃往前走。我們沿著公園內過去小玉牽我走的路徑漫步，入口處有一口鐘，小時候鐘的周遭擺滿了石頭，供人經過時可順手敲擊，我因此養成每次經過都要以石頭敲擊的習慣，王大哥任由我這麼做，也沒取笑我，我於是有點自得其樂起來，仰著頭遠遠地走在前頭。

即便是在白天，也有年長的流鶯在樹蔭處招攬客人，王大哥偶爾停下腳步，佯裝與我討論公園植物，實際上是以次文化的角度分析這種現象的源頭，我順著詢問他過去的工作，他似乎很不好意思地別開目光，向我坦白以前的職業並不那麼光彩。

「最後一次園事遇到麻煩，左腿中彈，就這樣了。」他伸手敲敲那條不甚靈活的腿。

「難怪你那麼清楚呢。」我忽視他的傷痛，反而消遣。

「現在沒有了，現在在里長伯那邊幫忙，也有上社區大學，我滿喜歡社會學，研究次文化那些……以前這座公園常常放露天電影，我也很愛過來看，讓我想到小時候還有野台戲，妳知道嗎？妳年紀太小了，可能不知道吧，但在電影之前，歌仔戲比較流行，這是我媽媽跟我說的，不過啊，在我年輕時最喜歡看的還是宮廟酬神時的脫衣舞，唉！歹勢啦。」

脫衣舞不好看到啊。我回答，需要的費用比放電影高多了。老街溪附近有一座土地公廟，舅舅以前也接過那裡的酬神放映，播放正片前，會有一段十幾分鐘的「扮仙片」，這似乎是比正片還要更加重要的部分，像是儀式一般，假如天氣不好，有些廟會要求只要播放扮仙片即可算作一場。扮仙片的膠捲，我至今還替舅舅留著。

我們在公園的長椅上一直聊到天亮，我甚至對他提起自己偶爾會撰寫的劇本與文章，還是學生時我夢想創作電影劇本，或許是受到小玉的影響也說不定。小玉？小玉是誰呢？是我外婆，下次我帶她的照片給你看，她是個很美的女人，曾經差一點成名的台語片演員。

「差一點成名？」他問：「為什麼呢？」

「不曉得，她最多只演過第二女主角。」

「我聽說以前在那個年代，如果要演第一女主角，是需要陪睡的。」他輕描淡寫道，又搖搖頭：「但那時社會這麼保守，或許只是傳聞吧，發生在現代我就毫不意外了。」

不需要懷疑，女人總是重蹈女人的運命。我突然想對他講述我們家族中關於花精的傳說，以及掩藏背後，小玉的祕密。但小玉曾經為此傷心地哭泣，比起傳說，這其實更是一個詛咒，我最終還是閉口不語。

黎明升起時，我們都感到身體極度的疲憊不堪，我們在魚池附近道了再見，各自踏上回家的路途。

躺在床上窗外已陽光燦爛，以往這個時候我極少醒著，像終於從黑暗海底浮出水面，現實世界色彩斑斕，刺痛雙眼。我突然覺得小腹悶痛，不禁伸手揉肚子。

我想起我媽問我：妳有跟他上床嗎？

當然有啦，雖然一開始，我說服自己是吊橋效應的關係，他救了我，當天晚上我就讓他進房間裡了。本來沒有要這樣做，記得我在海裡無聲的詢問嗎？我想要的，只不過是他能愛我，但在水裡，謊言與實話都歸於沉默，因此什麼都不可能真正前進。

我和母親大吵一架，她含著眼淚告訴我：只是不想妳跟我一樣，如果發生關係，會比較難割捨。我離開的時候，她坐在客廳的佛像前喃喃念誦佛號，她總是聲稱將所有念佛的功德迴向給我。那是我最後一次看見我媽媽。

頂樓傳來陣陣風聲，可能是紗門沒關好，我從床上爬起，走上頂樓。

小玉剛過世的時候，舅舅與母親找了宮廟的師父來看。「不能有花。」師父這麼講：「有水就陰，尤其不能種蘭花。二樓要生人氣，可考慮使外人租房來住……」

但這幢屋子年久老舊，舅舅與母親也沒有多餘的錢整修，索性各自在他處租屋居住，由得樹花開爛。一盆盆爛花頂樓擺放不下，現在二樓桌邊也有，蝴蝶蘭、螃蟹蘭、狐狸尾、拖鞋蘭，不用照光，室內潮濕有水便襯托花朵更加詭譎地明亮起來。

也不知道是不是錯覺，打從我到這裡居住後頂樓花園植物日漸野蠻猖狂，猶如師父的斷言成真，小玉的透天厝有了人氣，花園各種草木精怪只得全力瘋長與其對抗。便令爬藤走滿整個屋頂，甚至連季節都不管，波斯菊、石斛、玫瑰、繁星花短短半天可以開了又謝，花苞爭相黴放。荷花碎爛魚池水面，散發陣陣甜腐氣息。

祢想說的我都知道。我自語，一面回到樓下把電腦拿上來，開始打字：

小玉是怎麼全心全意相信這件事？對我來說，這是一個巨大的謎，花精真的存在嗎？小玉怎麼能夠如此確定？

小玉在火車上被認出的那一刻，她想過要承認：對，我就是菁華。但她很快轉念，花精是從電影開始纏上自己的，要是承認過去的藝名，不就會再度被花精發現糾纏？

小玉也問過自己為什麼相信，她真的見過花精嗎？她怎麼知道那是花精？她從哪裡聽來這個詞彙的呢？小玉想了又想，只記得大病三天三夜中，似乎與面貌如花瓣翻摺的女子有過一場談話，那使她們有了某種程度的連結，她因此成為花精最不情願的信徒，如今為了逃離這多災的神靈，她連過往最珍惜的名字——「菁華」都得捨棄。

可是為什麼是她呢？為什麼是她小玉？一個還未聲名鵲起的小演員，她有什麼東西是花精想要得到的？

小玉凝視裱了框，掛在頂樓花園的幾幅河流畫作，隨著時間過去愈發破爛陳舊了。

我停下敲擊的手指，回想關於小玉發現花精纏著自己的原因，舅舅曾有精確的解釋。

他說一九八七年兩岸開放，他和我媽媽陪雙親回老家拜訪，彼時小玉已經常將花精掛在嘴上，甚至發展出了一套自己的故事，舅舅說——

她抵達漢卿生長的小村莊，那年冬天下著大雪，她看見村子裡的人紛紛給樹木裹上稻草，她走著經過樹木，心卻掛念著那些古怪的樹，步伐愈拖愈長，她走得胸口疼痛，只能蹲下來喘氣，為什麼呢？她滿頭大汗地想了老半天，終於大吃一驚，她想原來是這樣，原來漢卿出身自這樣的地方，一個會在冬天給樹木裹上稻草禦寒的村子，這是神祕的，這是不可思議，這是一個有花精樹神的小村，她抓著漢卿，近乎歇斯底里地喊叫著。

「你看！你看！你還不知道嗎？」

漢卿任由她使勁地抓著，知道什麼？有什麼好知道的？

小玉倉皇環顧周遭，那是一座被百花樹木環繞的村莊啊。

「你離開家的時候，肯定帶著什麼東西。」否則，祂是不會跟這麼遠的。小玉暗忖。

在那窮困破敗的茅草屋邊，漢卿將近一百歲的老媽媽枯寂的坐著，彷彿已這樣等待了許多年。

漢卿因而紅了眼眶：「離開的時候，抓了一把土放在口袋裡。」

「然後呢？」

「然後發芽了。」

發芽了，長出一朵無名的小花。小玉相信頂樓花園那無數的花朵中肯定藏著祂的真身，等回到家裡，她要將所有花莖連根拔起，付之一炬。

可是心裡卻又古怪地震顫起來，漢卿此刻坐到老媽媽身邊，兩人握著手說話，一會後，老媽媽招手讓小玉過去，她和漢卿於是分坐在老媽媽兩側，老媽媽將手上的一只玉鐲摘下，無聲的套入小玉手腕處。

小玉眼中含淚，越過老媽媽瞪視漢卿，想：大傻瓜大白癡，你是被愛著的，你是被你老家的花精跟到台灣了，你怎麼一點也不知道？小玉原先對於花精滿心的激動憤恨，最終竟漸漸讓憂傷取代。

噯，他一點也不知道，祢這樣，不是白忙一場嗎？（悄悄的，在她們隱隱相連的夢境中小玉這樣說道。）

沒有人會相信她小玉，大家都以為她有毛病，什麼花精妖怪的，沒有人會相信……祢這樣，不是很可憐嗎？

講到末尾，舅舅莫名笑起來：「可是小玉她搞錯了，她一直在台灣所以不知道，中國很多地方的人都會在冬天把稻草纏上樹木，那不是為了讓樹保暖，以免它們凍死，而是冬天太潮濕，要把稻草綁在樹上，才能保持乾燥，如此一來當他們需要火種的時候，就只要從樹上拔下稻草就行了。」

我有點後悔以前總是問舅舅小玉的事情，疏忽了舅舅本身的故事：他十幾歲的時候成為電影院學徒，戒嚴時期，播放電影需要到派出所向警察申請，他對此很不甘願，當時電影已有沒落的趨勢，為了吸引觀眾，會在電影中穿插色情影像片段，他欺騙警察，說戲院裡沒有色情片膠捲，飛也似地從公司三樓窗戶逃走。後來他厭倦了電影院骯髒的環境，載著機器開一輛藍皮小貨車環島，曾在東部小鎮的戲院放過電影……舅舅作為如今已非常稀少的膠捲放映師，收藏有各種老式放映機，他無法讓這些器材在倉庫中蒙塵，因此和里民服務處講好，選擇每周一天到中央公園播放露天電影。

我一直有一種感覺，《河神之心》裡的小男孩似曾相識。

剛回到老街溪已成廢墟的舊厝那幾年，舅舅經常會陪我整理屋子環境，我無意間對舅舅提起《河神之心》這部電影，舅舅卻說他從未看過，也從未如我所猜測的那樣，在其中出演過小男孩的角色，難道這又是因為花精的緣故？我從舅舅那裡與舊厝的頂樓倉庫中找到以前的老照片，兒時的舅舅長得蒼白怯弱，絲毫沒有我記憶中《河神之心》裡那名勇敢小男孩的影子。

我寫下今天的最後幾個字，幾乎要打起瞌睡來，我在灑滿陽光的花園閉上眼，聽見小玉的聲音。

那不像是任何有意義的話語，反而如同風聲、海浪或者雨水，像一場無望的追隨的遠行，卻不是哭泣。我張開眼，發現不知何時已經入夜，看見那名曾經闖入的老流鶯，這時毫無遮掩、全然脆弱地出現在桂花樹的盆栽旁邊。

我突然無法確定，眼前這個老女人究竟是什麼身分？當她抬起頭，怎麼會看起來如同小玉臨死前？

我小心翼翼站起身，朝蹲伏的她伸出手。

「妳在這裡找什麼人嗎？」

她沒有回答，像失去了聲音，我卻可以明白她的意思，她面色慘白，蒼老衰弱，她就快要死了。

可是，為什麼呢？

我想起舅舅，他堅持使用許多年的碳精棒放映機，後來擺放在頂樓倉庫，他一直到再也搬不動電影機才放棄……那些在露天公園播放的電影，甚至包括扮仙片，都是為了她……是祂，舅舅一直都知道，本來只剩舅舅在照顧祂了，直到舅舅死去，沒有人再來播放電影、看電影，所以，小玉才在那個晚上出現，讓我回到這裡。

這一切是真實的嗎？

我啞然張嘴，祂微微一笑，立即消失在月光之中。

自從第一次和王大哥到公園散步以後，我們常常碰面，不一定是在我下班的時候，有時挑選我們都休假的時間，到較遠的景點走走。

我們一起到後站的四面佛廟拜拜，我告訴他我正在寫的與小玉有關的文章，還有《河神之心》這部電影，出乎我意料的是，他真的將我給他的小玉日記逐字讀完，對於劇情跟人物都有強烈的好奇，尤其是故事中花精千翻百摺的花瓣面孔，更讓他覺得十分有趣。唯有《河神之心》這部電影，他認為既然任何地方都查不到資料，應該確實是不存在才對。

「我一直記得看過《河神之心》這部片，而且我認識劇中的小男孩，我一直以為演小男孩的人是我舅舅，但他說不是，我不相信，後來看了舅舅小時候的照片，看起來那麼瘦弱蒼白，完全不像劇中小男孩黝黑健壯的樣子，那時候我才明白，飾演小男孩的另有其人，我肯定見過他，我一直有一種印象……」

我們將四個花籃依序擺放在四面佛的四個面前方，虔敬地合掌祈求，實際上我並不信仰這來自異國的神靈，只是長期做的這份工作養成習慣，來到四面佛的第二面像時，我想到海底的花精，她說母親與女兒有相仿的命運。但我後來覺得，那都是屬於女人的命運。

那一晚我和教練在一起……然後呢？

然後我留了下來。

曾有一本書提到，讓我們長出手的基因，來自於魚類形成鰭的基因。當他的手在我身上輕輕撫過，就像兩個互不相識、孤獨的生命體在無邊海域巧合的相逢，僅僅是一次輕微的撫觸，像水流或氣泡那樣輕，我快樂地翻轉跳動。海象好的時候，我們沿著礁岸走入海洋，潛至八米深的海底，他在我面前表演噴吐銀圈，並用氣泡做出絲線，逗得我發笑，我不知道，這些戲碼他也表演給所有的觀光客欣賞，那兩個月，我只是很快樂。

緊接著秋天到來，氣溫驟降，整座島嶼失去了有陽光時的熱情明亮，攤販整條街的消失，顯得荒涼，就連居民們的面孔也出現疏離與冷漠的神色。

一個燦爛的夢就到此為止了。他對我坦白自己其實是台中人，只有夏天會來帶學員，現在已經進入秋天，他也該回去了。然後，對了，他其實已經結婚，有一個剛出生的兒子，不知道我是否曉得？

「妳應該知道吧？沒有人會什麼都不問清楚，就兩腳開開給人上。」

孤僻如我大概不會在其他學員熱鬧聊天時參上一腳，否則我理當聽出一些蛛絲馬跡，對於他的訕笑，我毫無反應。

我只是想起自己差點在海底迷失的遭遇，小玉模樣的花精端坐水底，以仿如黑白片的形貌對我傳達：女兒總是會重蹈母親的運命。

「那如果真的有花精，妳認為祂還在嗎？」王大哥突然問道。

我回過神來，搖了搖頭：「什麼意思？你是說……祂還在這裡嗎？」我差點脫口而出，那月光下形似小玉年老模樣的老女人，看起來和公園內漫遊的性工作者沒有不同。

這天我第一次帶王大哥回家，假如那裝潢已失的殘破廢墟還算是家的話。他看上去非常震驚，因為一幢如此破敗，猶如毛胚屋的房子以某種古怪的方式被整理得井然有序，那是我的強迫症作祟，我將每一片剝落油漆與每一根生鏽鐵釘都整齊排放，這還只是小意思，其他各種支離破碎的建築材料，都被我仔細地陳列。

我忽視他目瞪口呆的樣子，告訴他舅舅死後播放器材與膠捲都堆在頂樓倉庫，當我開始寫作小玉日記，希望能整理倉庫中的東西，看看是否可以找到更多材料。王大哥聽了自告奮勇要幫我，我們便將剩餘的休假時間耗費在令人噴嚏的塵埃裡，由我將雜物從頂樓搬到一樓，王大哥由於腿不方便的關係，留在一樓將雜物分類。

很可惜的是，打開鐵盒內部的膠捲幾乎都受損嚴重，無法確定還能不能播放，也沒有哪一個鐵盒上寫著《河神之心》。

「你看看這個。」王大哥拿一張塞在塑膠套內的ＤＶＤ給我。看上去就像舅舅留給我的《三姊妹》等三部小玉可能拍攝的作品，DVD上卻寫著我的名字。在這個時候，王大哥還不曉得我的名字，他純粹好奇的目光讓我不自在。

「時間晚了，我有點累想先休息。」我說：「你可以先回去嗎？」

王大哥表示同意，但他緊蹙的眉頭與僵硬的肢體動作讓我意識到他的不適，不等他說話，我半跪下來摸索著想替他卸除義肢，起先王大哥並不樂意，低聲要求我別碰他，見我仍堅持，他才以言語指引我如何卸除。

在這之前，我從來沒有見過人體斷肢的切面，為了保護傷口，斷處長出了脂肪，一片蒼白，我試探性地詢問：「可以摸嗎？」

王大哥艱難地點了點頭。

我的掌心迎向斷面，那是我從未經歷過的柔軟碰觸，更彷彿是我有生以來撫摸過最柔嫩的東西，這一瞬間，我很難過，也因他允許我碰觸自己身上最脆弱的部位，使我感到再也無法承受。

我抬起頭，詢問王大哥是否願意留下來過夜，他對我溫和地微笑，搖了搖頭。

從窗戶偷看王大哥的身影漸漸隱入巷弄，我打開電腦連接投影機，開始播放DVD。

黑白色的潮水流向我，以及遙遠熟悉的小玉聲音，溫柔地將過去的鬼魂重新帶來……這部片確實是《河神之心》，我只看了前面三分鐘就知道了，但這不符合我在小玉日記中記錄的年代，以這部片的質感來看，至少也是千禧年後的作品。

這部電影是這樣的：七〇年代的台灣河川均受到嚴重汙染，社會底層人們居住在汙染河，以撿拾紅蟲維生，為了生存，人們使用當時美國不要的水事瑕疵品，並用廢料創造出從未有人見過的水底探測機、河道推進機、水下呼吸裝置，為在汙染河中尋找有用的資源，這些回收者在汙染河建造了驚人的工業王國，故事便圍繞著生長其中的小男孩展開，男孩相信關於河神之心的傳說，所有河川在某個神祕的時刻將彼此相連，相連處鳥鳴清脆、樹木繁茂，沒有任何汙染的河水就像液態的水晶一般，那兒同時也住著你所有死去的親人……河神之心是汙染河人們夢寐以求的天堂，為了尋找天堂，男孩開始打造能在汙染河中安全通過而且速度超群的水底機械——水中推進器，決心前往河神之心。

這部片不可能在一九六〇年拍攝出來，這是一個極具現代感的故事。被燒錄在一張薄薄的 DVD 裡，可是，當我完全看完這部片，我卻覺得自己已經忘記了劇情與影像，我因此再看了一次，我看見小男孩即將離開年老的母親時，決絕的背影，那年老的母親，有一張幻變莫測，如花瓣般的臉……或者是我太累的緣故？定睛一看，那老母親不就是小玉嗎？

我忽然聽見來自頂樓的騷動，像一株古老的樹木枝葉因風吹而鳴響，葉片與葉片不斷拍打，我才剛衝出房間，就看見逃離至樓下的倉皇身影，我趕緊探出窗戶去看，這次清清楚楚看見了曾數度闖入這兒的老流鶯，她彷彿知道我正在看，居然停下腳步，抬起頭與我對望，她的眼睛黑白分明，閃亮如星，她的臉孔就像我外婆還活著時一樣。我眼看她接著轉身，頭也不回地走向公園，一名老男人的身影湊近，她似是同意，似是沒有選擇，他們的身影雙雙消失於飄搖樹影。

我從來不知道這些文字要寫給誰看，但既然現在有了讀者，我就覺得，似乎要在真相上承擔責任。

記憶中，外婆是個特別愛美的人，直到六十多歲皮膚依然白皙光滑、富有彈性，她還不要我們這些小孩子喊她外婆，她要我們喚她的小名：小玉。我這樣叫了好多年，我上幼稚園的時候，同學還以為小玉是我家養的一隻貓。

小玉的年代裡似乎總有很多像她一樣的女人，都面貌不清，並且隱身，小玉在我小時候就對我説花精的故事，我起初相信，長大後不信，直到真的在海底看見花精以她的形貌出現，我知道是祂想代替小玉對我説些什麼。

過去我以為小玉口中的花精不過是她的幻覺。她所有對花精的想像、歇斯底里的叫喊，都是一個小小的疵在生活中如影隨行，像我羊毛外套上的小白點，不斷在瞳孔中放大。

小玉曾經做過一次第一女主角，那部片是如今再也不可能找到的一九五〇年代電影《河神之心》，那是她唯一一次臣服於當時影圈的潛規則，她就這麼做了一次，失身於此。

這件事折磨了她一生。

從小玉瘋狂撕碎的黑白照片中，我拼湊出她在中興台語實驗劇社的團體照、其他演員送給她的簽名照（照片背後寫著「給菁華：妳畢竟還涉世未深，這個圈子不適合你，希望你未來的生涯平安幸福。」）、試鏡照以及與身穿制服的外公合照，我曾經以為，小玉口中的花精是她生命陰影的象徵……直到我在海底看見了祂。

不，刪除這段吧，在你讀完之後，我要把這段背景模糊、考據不深的揣想刪除，沒有嚴謹的證據，這些猜測只是對小玉的侮辱。也許小玉的確不曾演過《河神之心》，也不曾做過第一女主角。

其實，我真正想描述的，是小玉的女兒湘君。

我一直在思考，我媽從小到大所見的雙親之間，存在著很不可思議的愛情。小玉在那個年代中的婚姻，是少見的戀愛結婚，她與丈夫非常恩愛，雖然也常常爭吵，每次一爭吵，漢卿便躲到頂樓照料花朵，小玉則會坐在二樓，一面看電視一面生悶氣，埋怨著丈夫「又被」花精迷住了。

我媽因此對愛情產生不切實際的幻想，當她高中畢業之後，在補習班結識了自稱即將從軍的男子，她對父親那身警察制服肯定擁有不理性的依戀，因此同樣愛上了這名行蹤飄忽的準軍人，只是直到她懷孕，頂著汙名生下我，這名男子都沒有回來。她因此沉迷宗教團體，最後甚至精神失常，她常常對我說的一句話，如同詛咒般禁錮住我。

不，刪除這段，我並不想要讓你知道這麼多……我希望讓你知道這麼多，但參雜太多的真實，似乎就將不會是一個好故事了。

讓時間繼續流逝。

從道縣返回台灣，小玉莫名其妙地決定要把從未存在的《河神之心》拍起來，她沒有讓任何人知道，也沒讓漢卿知道，自己在報紙上刊登小小的招人訊息，單單只要一名攝影師，攝影器材最好能自備，沒有的話，去租也可以。戲就在老街溪邊開拍，那時，小玉已經五十多歲了，她沒有找任何演員，只有自己與一個她女兒私生的小外孫女。

小外孫女又黑又壯，理著方便打理的小平頭，簡直就像個男孩子。作為單親，她的母親經常在外工作，小外孫女便完全讓小玉照料。

小玉牽外孫女到公園散步總要好幾個鐘頭，也沒人在乎，反正她們會先沿著老街溪走到公園入口，以石子敲擊大鐘，然後順磨石子道路不斷前進，來到餵魚的池子，她們會撕碎預先準備好的吐司餵魚，外孫女從那之後，將近乎永恆地喜歡充滿水的地方。

拍戲的過程很粗糙，通常小玉在拍攝前說一段話，再由外孫女複述，整部片大多時候只是外孫女在老街溪邊玩水而已。小玉奇怪地要外孫女稱自己為「媽媽」，還有好幾次流淚的場景。這部片拍攝完成後是無聲的，理當難以解讀劇情與意義，小外孫女卻一直記得片中的情節，甚至在腦海中加油添醋，直到多年以後，她都以為自己真的看過《河神之心》這部電影。

小玉為什麼要拍這部宛如家庭電影般的短片呢？我在看完那片DVD後想起來，小玉最後對著鐵盒裡的膠捲神經兮兮地自言自語：

「祢就在這裡活著好了。我們很快要死了，漢卿也是，我們的壽命很短，但祢是很長的，祢就在這裡活著，永遠青春美麗，好不好呢？」

……

…………

《河神之心》是小玉為面對生命中的幽暗片段，所做的最後一件事，是她用想像去完成的真實。這部片與真正的一九五〇年《河神之心》完全不同，充滿小玉的巧思與對外孫女的愛。我不知道，這部新的《河神之心》有沒有可能稍稍滌淨小玉過往的記憶。

那捲膠捲後來究竟去了哪裡，恐怕已是真正的謎題，我相信是舅舅將影片轉錄到DVD裡，可我不明白他為什麼不跟我說明，或許他希望我能自己找到故事的結局。

我回想在水底艱難的呼吸，彷彿重新置身於《河神之心》的場景中——老街溪。就這樣，花精在我腦海裡種下回外婆家的花種，其後綻放。

她對我說：女兒總是會重蹈母親的運命。

我從來沒有相信。

這是母親對自己的希望落空，因此投射在我身上，但我只是不斷犯錯，我害怕她逼問我前男友的事情，因為我不知道怎麼説出口，關於他回到台中之後，我追了過去，苦苦哀求他不要將我拋下。

我求得那樣低賤，任何男人都願意給我機會的，於是，這段孽緣又繼續了一年之久，當我作為女人這般哀求，我感覺自己心中有一部分硬生生破碎。

如果你真的將這所有的文字讀完，但願你不要從此瞧不起我。

和王大哥相約在公園，好將最新完成的小玉日記給他過目，同時也告訴他DVD因為老舊的關係，播放一次之後就無法再讀取。第一次，他露出不信的表情。

「妳或許是在騙我，也許妳外婆從來就沒有拍過《河神之心》，她既沒有演過，也沒有拍過，《河神之心》無論劇情或場景，都更像是妳會創作的作品，花精是否真的存在也令人懷疑，感覺上，是妳外婆不願承認當時圈內的潛規則使她夢想破碎，就像妳說的，即便自己愛惜羽毛，也會有人來將妳弄髒，會踐踏妳、利用妳、殘害妳，像契訶夫筆下的海鷗一樣，那個男人只是出於無聊，卻過來將妳弄死……花精真的存在嗎？我現在突然覺得，花精如果真的存在就好了，至少讓這個故事聽上去不再那麼遺憾。」

我沉默不語，心中充滿平淡的憤怒，不過他跟我在一起也真是長進了，連契訶夫都知道，我很想酸他幾句，話語卻在胸口漸漸隱沒。

我們最終一面鬥嘴，一面在傘蓋般的樹蔭下並肩前行，這時候的公園人群疏落，空氣中洋溢著早秋的微涼，我向王大哥描述影片中老街溪過去的風景，突然間，有個年老的女人與我擦肩而過，她化濃妝，穿著復古且豔麗的衣裳，活脫脫像是從五、六〇年代走出來的，她盡全力想要維持生命的枝微日常，因為她永遠也無法掌握某種突如其至的暴力，那是從歷史深處吹來的一陣風，而她是一個已被遺忘的神靈，從遙遠的地方來到這裡。

我與老女人擦肩而過，忍不住回頭，因為祂同樣回頭的眼神，流動著那一整個舊時代黑白電影的孤寂與魅惑。

「怎麼了？」

我搖搖頭。

一個時代的逝去，跟一個神的逝去，都是同一件事。我想。

下午我們一起將小玉的舊厝做了大翻修，為長滿壁癌的牆面塗上新漆，我表示要請他吃飯，兩人沿著老街溪慢慢走到後站吃陽春麵，反正也沒什麼事，吃完麵就到四面佛廟閒逛。

「其實我從來就不相信四面佛。」在買了四組花籃並一一擺置好後，我卻唐突坦白。

「是嗎？那妳為什麼常常來拜？」

為什麼……因為我覺得這異國的神靈跟我很像呢，總是接受來自他人的慾望，無法拒絕，必須實現。二〇一五年的曼谷大爆炸，有些人責罵祂是邪魔歪道，以至於發生災禍，我卻看見佛像上的可怕裂痕。或許是祂犧牲了什麼，讓災禍不至於更加擴大。

我從來都不許願，只對四面佛說：希望你喜歡今天的花。

王大哥看我似乎很專心地默念著，又輕聲問：「許的願成真了嗎？」

「成真了。」

「那要還願才行。」

「給四面佛還願，聽說要找美女去跳豔舞。」

「胡說八道！」他這麼回答，卻像泅泳般輕盈地漫步到四面佛像前，也不理會我，自顧自地說要替我還願，當著好多人的面，他對我笑，不怕丟臉，就這麼瘸著腿，劈哩啪啦地跳起舞來。

火夢

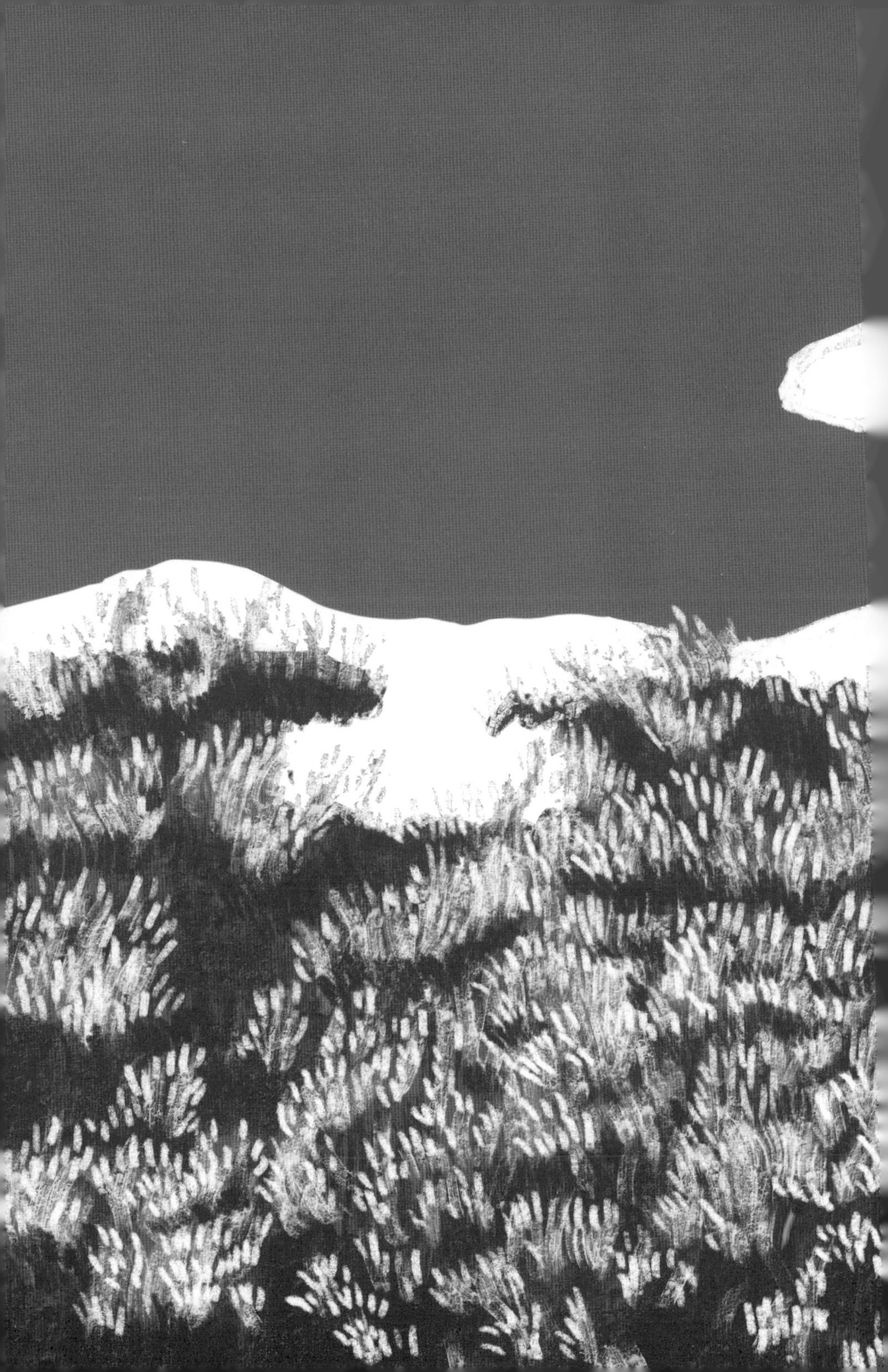

那天，戴姨看見了火神。

幼時她在東海岸的芒草原見過，部落裡年老的女祭師已有蛇神、日出之神、太陽神、走路之神、獵鳥之神、檳榔之神等神附身，她印象深刻在一次祭儀當中，高齡八十歲的女祭師因蛇神降臨，痛苦地在地面扭曲身體，做出蛇動姿態，畫面猙獰詭譎，那時戴姨想，怎麼會有這樣的神？怎麼會有這樣折磨人的神存在？她希望自己永遠也不要被天命選中。

直到十歲時走過海邊白色石礫大地，兩旁高高的五節芒突然燒了起來，那是假象，她明白，火焰實際上根本不存在，是那個準備要降生於她的神正在戲弄，她一面走一面哭，閉著眼的幽暗之處，她看見火神如熔岩、如燃燒木炭的容顏，在陰影處發光。

她聽見了屬於她的神名，她已被選中。

戴姨沒想過會再見到火神。自從那次目睹燃燒的芒草，她竭力佯裝毫無靈力，在她的部落，被選中成為祭師是一輩子的事，也將遵守禁忌，永遠不能離開村子遠行。戴姨想到被蛇神附身的老祭師就害怕，若可以，她要遠遠的逃亡，說也奇怪，逃避天命的咒詛並未降臨在她身上，她沒有頭痛、生病或者昏昏欲睡，戴姨以為神放過自己，但那份在夜晚目睹蛇動人體的恐懼，仍使她窮盡方法逃離。後來，她的人生就像濕潤的小米稈般漸漸下垂、發霉。

已經是四十年過去，她在醫院的病房裡守候因車禍神智不清的女兒，端著一盤削好的蘋果回來，鏡前鮮花突燃起一蕊火，橘黃光芒柔軟地包裹住百合，戴姨抿起嘴唇，不明白原因。

女兒車禍後，戴姨無法睡覺，偶爾有類似幻覺打攪，她大多選擇忽視，遂打開女兒的筆記型電腦，一口一口吃下蘋果。

等待電腦開啟時，戴姨抬頭看鏡子裡的自己，燙捲的黑色短髮，尾端有幾簇倉促之下未染到的綠髮，幸好並不明顯。只是那張臉面無表情，黧黑膚色覆滿堅硬皺紋，戴姨心中滿懷傷感，就是因為那朵燃燒的百合，使她想起以前的事，想起來自的地方。

戴姨的全名是戴淑美，她記得，以前有好幾個同族的女孩都叫「淑」什麼，似乎是最合襯她們的名字。戴姨原來出身自東海岸的阿美族部落，但沒有人知道她屬於哪戶人家，她的媽媽說，戴姨在一艘廢棄郵輪「冬嶼號」上被發現，那時船上沒有半個人，戴姨長大後算過命，算命師說她命中帶了太多的火，才會出現在海洋中央，無邊無際的大水是為了剋她。弄不清身世，媽媽安慰她，以後當他們家的人，可是戴姨不喜歡部落，她看了一次巫師祭就害怕，恐懼著穿黑色祭衣的老祭師們，更討厭燃燒芒草戲弄自己的神。二十三歲她終於得到徹底逃離的機會，遠嫁台中。

「我幫你塞。」

女兒突然說出這麼一句，戴姨停下手上探索筆電的動作，猜疑地望一眼女兒，她每次都說「我幫你塞」，為了不再被推著病床運往其他地方，不安的女兒會說：「我不要去，我幫你塞。」但要塞什麼，她又不說清楚，丈夫那邊的親戚來，女兒閉著眼睛說：「我幫你塞。」戴姨以台語解釋：「她失去記憶啦，有夠煩啦。」親戚們半是同情半是嘲弄的眼神，也就靜靜地從女兒身上轉移至戴姨頭頂。

戴姨一頭捲度恰好的短髮，髮型是她跟布教所蓮會的師姐們商量過的，那陣子燙又硬又短的捲髮可謂流行，在她們小小的宗教圈子，每個人的外貌最終會變得一模一樣，戴姨燙髮回家，興奮地跟剛找到工作的女兒說了好一會，女兒斜眼面帶不屑，嫌棄她才五十好幾就弄個七十歲老太婆的髮型，她用手機打字聊天，不再理會母親。戴姨沒說什麼，獨自回房間垂淚，她也弄不明白，也許是更年期到了，淚腺隨之鬆弛。

燙髮後不久布教所迎來中秋，戴姨與篤行班師姐們一同做蛋黃酥，從早做到晚，回家後頸部劇痛，寢食難安，女兒騎車載她到醫院掛急診，照X光發現有根骨刺，恰恰好抵在脊椎靜脈處，若動手術風險極高。

「只能忍耐到死囉。」女兒開玩笑地說。在醫院等待領藥時，她默默聽女兒訓話，女兒要去廁所，戴姨覺得痛感已蔓延到齒部，想起以前拔牙醫生說要吃冰品麻痺，她趕緊到醫院內的便利商店買霜淇淋，孰料女兒回來找不到自己，滿面怒氣，領完藥強拉戴姨到最近的理髮店染髮，將她的黑捲短髮染成鮮豔螢綠，戴姨是怎樣也想不到的，染完髮，在停車處她低聲啜泣，女兒輕蔑地說：「這樣以後來回診，我比較容易找到妳，妳失智走失，也一樣啦。」像被當作物品般對待……戴姨顫抖著，卻無法反抗。

那天稍晚，趁女兒出門見朋友她趕緊溜出去，顫抖著手購買染髮劑，回家手足無措地試圖將綠髮染回烏黑，但或許是太過匆忙之故，尾端有些許仍透著螢綠。

戴姨兩手食指輕輕敲打鍵盤，親戚們都走了，她才能好好研究女兒車禍前都在搞什麼名堂，憑以前做過出納小姐、讀空中大學，她學會怎樣檢查瀏覽紀錄。醫院的空調強冷，窗外落日背山，病房光線漸漸只餘電腦。又剩下她跟女兒了，像二十五年前，女兒剛出生的時候，她辭去工作，專注在夫家帶孩子，一間方方正正的和室，女兒牙牙學語，把玩積木玩具，戴姨呆坐一旁，兩條神經在頸後突突地跳，這般平和的景色，日復一日黎明與夕陽的情景，竟使她腎上腺素狂飆，她每一分每一秒，都無法令視線離開女兒。

一幅視窗跳起，那是女兒車禍前一晚瀏覽過的最後一個網站，戴姨調整鼻端老花眼鏡，瞇眼細看網站名稱，「RT聊天室」下方有待輸入暱稱空格，還需選擇男人或女人，戴姨照實填入，只在暱稱上難以決定，幸好滑鼠剛點入空格，便帶出女兒過去使用的暱稱：「妮可徵糖友」，戴姨隨意找了某某聊天室登入，眾多文字湧入畫面，沖得她頭昏眼花，只得關掉視窗。

頸部後方的兩條筋又開始跳，女兒車禍以後，戴姨就沒睡過，她一直想女兒怎麼會車禍，監視器畫面顯示女兒的機車高速掠過鏡頭，與一輛小貨車對撞，不知是不是錯覺，戴姨看見影像中女兒的表情滿是狂喜。

戴姨默念幾句佛號，決定待會去找警局裡借自己隨身碟的年輕人幫忙。聽分局的老警察說，那條十字路口本來就邪門，經常發生位於下午時刻的車禍，每次車禍必定有人死亡，分局飼有一條黑狗，原先就在十字路口流浪，有車禍的日子裡從早晨開始吹狗螺，老鳥便習以為常地帶菜鳥著裝準備。戴姨騎著一輛小綿羊跟車到事故發生地點，對著殘留血跡的現場念誦一個小時的佛號，最後將功德迴向給所有在這條路上殞命的死者。

說起來，她十年前開始進出布教所，夫家的人甚感欣慰，是他們能夠接受的信仰哩，戴姨只是覺得，什麼神佛都嘛一樣，只要可給她清靜的幾個鐘頭，她願意就坐在那裡，喃喃地念誦佛號。念佛堂前，阿彌陀佛低眉垂目，宛如傾聽眾人呼喚的聲音，令她內心平靜。

夫家說，沒工作的媳婦好歹把女兒養大，現在培養點不花錢的興趣，也是好的。戴姨是為了能夠出門才去布教所，起初像從一個牢籠前往另一個牢籠，久而久之，她在念佛號的時候會進入昏沉的白日夢中，隱隱然看見童年回憶如走馬燈般閃過。

某一天，她專注於其中一幀兒時景象，更深入了白夢，便像幼時巫師祭的煙燻，氤氳縹緲，她乘著煙，回到東海岸的家。

他們部落規模不大，卻富有特色，很早以前就有學者進行研究調查，跑田野時在祭儀會場附近錄影、寫筆記，這群旁觀者曾令年輕的戴姨感到好奇。老教授給他們的神分類，向戴姨解釋他們神靈帶有各個時代的文化殘影，譬如一位拔芋頭的神，祭師入神時說的是湖南話，還有相撲之神，很顯然是來自於日本，刀血之神當中有千萬傷疤之神、穿舌之神、流血之神等等，指的其實是漢人的乩童。其中一些神靈甚至具有幽默的特質，有一個色狼之神，當年老的祭師們行走於靈路，為了通過由色狼之神把守的關口，必須給這位神靈看大腿內側最柔嫩的一塊肌膚方能放行。

『祂們似乎都是年輕的神。』深夜女祭師們拜訪各戶人家之時，戴姨懷想起黑暗夜路，她亦步亦趨跟隨老祭師，跟隨她們盛裝的服飾以及鮮豔的織紋，聽一首又一首，低迴沉吟的歌。『是一群新神呢。』年長的學者在塑膠杯中注入小米酒，高興地一飲而盡，戴姨不知道白日夢中的學者為什麼這樣說，只接過對方遞來的酒，同樣灼熱地傾入喉頭。

媽媽說酒是路，所以燒過戴姨喉嚨的烈火也成為路，她突然之間離部落無比遙遠，去了從未到達的地方。戴姨眨著眼，發現自己身處一片遼闊的荒原，她不曾見過此番景象，又感覺分外熟悉。空氣寒冷，連呼吸都帶刀割，她行走於霧靄翻騰的大地，向著好似永遠不會抵達的遠方山陵。戴姨閉起眼，她直覺地想要尋找火焰，當她闔眼，她不再是一個人，在她身邊，有無數與她相仿、緩步前進的女人，不時揮動手臂，滴灑祭祀酒水。

又或許不是尋找火焰。戴姨想：她們正身處一場戰爭之中，只不過無法斷言是戰爭的歸途或才剛邁向征程。

戴姨回過神來時躺在念佛堂的地板顫抖，感到肚腹內有火團跳躍，師姐們拍著她的背，蟻群般密密的佛號。夫家的人接她回去，解釋他們媳婦本來就有病。「什麼病？」、「精神上的啦。」、「有病還結婚？」、「結婚前不知道。」、「唉呦，這樣還出來害人喔，小孩也會出問題吧？」、「生的只有女兒啦，無要緊。」不知是誰與誰這樣對談。

朦朧中她想起最早到北部公司上班，她做出納小姐，天天穿窄裙絲襪，留著又黑又長的頭髮，有一日，據說是老闆的兒子經過，那個男人長相剛毅，身材高大，儘管背有點駝，他們目光相遇，戴姨第一次了悟何謂看對眼，公司裡穿窄裙絲襪的櫃檯小姐這麼多，怎麼就偏偏和她對上視線？後來她未婚夫說：「那時覺得妳顯眼，是因為妳五官立體，像外國人。」戴姨偷笑，每當有人聽說她從東部來，總會問她是不是原住民，問她是不是外國人的，倒是第一次。

戴姨便回答：我不是外國人，我是原住民。

結婚第一年，他們到台東旅行，時值盛夏，她提著沉重的行李箱一階一階下月台，沒買到坐票，丈夫看上去生悶氣了，不講話，眉眼還是一派溫柔，戴姨拖著行李箱艱難地跟著快步疾走的丈夫，陽光白亮燦爛，突然一陣暈眩，她整個人摔倒在階梯，一名男路人好心來扶，她丈夫強硬握住她癱軟的手臂：「我來就好，這是我老婆。」

戴姨心中充滿迷眩的甜蜜，想不到她丈夫有這樣的責任感，欲扶她起身，一次兩次卻都失敗，待最後一名旅客上了月台，戴姨突然聾了。

是她丈夫的面孔在扭曲，猶如夏天的強光炸裂，她丈夫的三字經幹罵響徹地下道：「幹恁娘雞掰！幹恁娘！幹恁媽的你丟我臉——」

戴姨愣住了，良久聽見自己求饒的聲音：「對不起對不起，是我沒走好，對不起……」

「幹！我幹恁娘！」潺潺熱汗沿著丈夫黝黑的臉頰淌落，他抓住戴姨黑溜長髮，狠命搖晃。她當時不知怎地感到自己身處烈火，世界是烈火，丈夫是烈火，整個車站月台、東部小鎮都在燃燒，但她卻成為其中的一滴水，冰冷柔順。

戴姨回想在警察局時看的監視器影像。下午三點十五分，這個時間點她看了一遍又一遍，女兒車禍以後，戴姨無法入睡，她每天到警局看著相同的監視器錄像，數次將畫面停留在女兒的扭曲笑容，下一秒，那輛她送女兒的老迪爵便分崩離析。

戴姨認為自己還需要其他角度的監視器畫面，上次到警察局，一個新來的年輕人叫小松，大概剛出社會吧，嶄新的警察制服與油亮皮鞋穿在身上，顯現出某種說不出的趣味。小松笑容陽光，皮膚曬成紅磚土的赤褐，見到戴姨時立刻扶她坐下，說話聲音輕柔耐心。假如是小松，一定能夠幫忙她吧。戴姨思忖著。

頸後的骨刺和太陽穴都在陣痛，她缺乏睡眠的時候經常這樣發疼。從皮包裡拿出普拿疼和水吞下，數年如一日，這些藥丸已是她的老朋友了。打開病床邊的念佛機，戴姨邊念佛邊發楞。

以前住在和室時也像現在這樣，女兒乖巧地待在一旁，而戴姨發呆，她什麼都不能做，哪裡也不能去，只要出門就會被公婆責罵，漸漸地，這副毫無動靜的身軀因為不曾真正清醒，於是也漸漸失去真正的睡眠，她失眠了，兩顆眼球乾燥疼痛，像要奪眶而出，從骨刺抵住的神經開始綿延至眼球後方，一陣陣鈍痛襲來，她的四肢僵硬痠麻，子宮到上腹處間，灼熱如蟲類咬嚙。

她總是下一秒就要睡去，在意識此事後即刻清醒，不斷往復。這是一具操勞到極限的身體，她閉上眼，便能聽見體內血液流淌的聲音。

身體已經不是她的，戴姨某一天想，我什麼都不能控制，連大小便也不能控制，當她這麼相信，她終於在玩耍的女兒身旁失禁……

聽著佛號，戴姨凝望窗外照射進來的融融陽光，出神昏眩，她離開病房，來到山林之中，好多天沒真正睡過，連幻覺都這樣鮮明。戴姨想，自己莫不是被魔神仔牽？這片山林卻頗為詭譎，她這麼想，幻覺立時與她記憶中曾去過的森林步道景象貼合，她喘著氣跟在健步如飛的丈夫身後，這是她生產完的幾次健行，丈夫嫌她私處不夠緊、身材走樣，認定是缺乏運動，每個周末都帶她爬山。戴姨此刻也不確定，幻覺中她的丈夫看起來已是個死人……女兒出社會後，某天他整晚未歸，後來知道他在那條步道上與人發生口角，被亂刀砍死，渾身浴血殘缺。

報紙登了好大一張她丈夫屍體的照片，地點是斜坡，照片從丈夫的腳部往上拍，框住他死不瞑目的閃亮眼白，透過那張照片，好像還在看她，還在說：

「幹恁娘！我幹恁娘雞掰！」

幻覺裡的丈夫身上有刀痕，卻不見血，他安安靜靜看不見正面地走在戴姨前方，戴姨怎樣也追不上……一滴口水落在戴姨膝蓋，她回過神，女兒還睡著，夫家的人說，丈夫死後，就聽女兒的。

筆電上的瀏覽器畫面閃著光，戴姨打起精神挪動滑鼠，一面查看女兒的瀏覽紀錄一面疑神疑鬼，老是覺得監視器角度古怪，那個角度，女兒像是對著誰在笑。當她查閱資料，擺在皮包內的女兒手機震動起來，不曉得是與女兒對撞的貨車司機家屬，還是保險公司，她接了電話，對方聽她「喂」了幾聲，竟掛斷，戴姨看看時間，也差不多該出門參加死去的貨車司機出殯儀式，她對著鏡子梳理摻有螢光綠的黑髮，摸摸沉睡女兒的臉。

離開前，戴姨回頭四顧，燃燒的百合依然溫溫地燒，這一切都如此不對勁，戴姨也確實感受到整個人非常不舒服，加上失眠與身體的痛苦，她有一種體內某處即將爆裂開來的感覺。

·⊗·

經過柳川邊的土地廟時，戴姨與布教所蓮友碰面，她還是頭痛欲裂，視線昏沉，這幾個蓮友卻是她少數可稱得上朋友的人了，信得太多，什麼神都拜，這樣的朋友使戴姨感覺分外可靠，在她以前村子，她也是什麼都信的，聽媽媽說，小孩子自己想一個神靈，那也是神靈。長大以後，戴姨偶然想起燃燒的芒草原，不定也是她屬於孩子的想像而已。

戴姨跟兩三朋友拉了塑膠椅坐下，拍著對方的手開始閒話家常，提到最近發生的種種不幸，戴姨流了幾滴眼淚。又說起各自的身體狀況，戴姨這才表露失眠看見幻覺的恐慌。

「妳是起乩喔？要不要給人收驚？」其中一人道。

「不是啦，我只一直作白日夢，明明醒著，還看見東西，想是因著神明緣故。」

「啊是什麼神託夢？」

「沒有託夢，夢裡沒有神明，有很多樹叢，荒涼野地，我像卡到陰，一直走，走不出去。」

「那妳還講是神咧，我看是魔神仔，牽妳半暝爬山。」

戴姨喃喃「夭壽喔」，她沒講，路上景色與她記憶裡的森林步道重疊，她死去的丈夫在前面一直走。

「湘君今天沒來？」

「她中午在蓮會煮飯。」

其他人催戴姨：「時間差不多啦，妳緊去啦。」

「貨車司機的出殯時間還未到。」戴姨邊說邊跟廟方借茶水，又吞下一顆普拿疼，騎著她噴吐黑煙的小綿羊溜過溢散腐臭的河岸。

戴姨想起與女兒對撞的貨車司機，去調解的時候，對方家屬一來就是三代，扶老攜幼，戴姨想也是他們的客家性格，他們跟警察說戴姨女兒多麼無情，竟然撞了人也不來探視，戴姨覺得好笑，她女兒也撞得神智不清，他們說：「你這做媽媽的怎麼教？女兒吸毒吸到亂騎車撞人？」

當時戴姨不相信，她女兒好好的一個人，怎麼會走偏去吸毒？

貨車司機出殯時間是下午，和車禍發生的三點十五分差不多，戴姨騎車行駛於滾燙的柏油路面，太陽炙熱，昏沉失神間，她又看見丈夫緩慢、蹣跚的背影，在扭曲融融的柏油路底端閃閃晃晃。戴姨禁不住想追上去，跟著跟著，恰好經過女兒與貨車對撞的路口，戴姨想起監視器捕捉到女兒的詭笑。她停好車，走到監視器下方。

如果女兒當時的笑有對象，她看的肯定是站在監視器死角的某個人，戴姨蹲下身，想大太陽底下蹲在路邊看監視器角度的自己，顯得神經神經。但是人到了某個年紀就失卻了羞恥心，她蹲著，昏昏沉沉，亟欲睡去，一只空保力達瓶子在電線桿下方，她想起年輕的時候，一個同自己一樣黝黑、五官深邃的撒奇萊雅男孩，與她蹲在村子少有的路燈下，肩膀相碰、手臂摩擦，喝老祭師也愛喝的保力達酒。他們用族語聊著天，再過不久，他就得前往火神祭，她聽一些漢人玩笑地稱是「欸害呦、欸害呦」的祭典，但這些神靈與儀式，跟他們完全沒有關係，許多年後，所謂的祭典以聯合之姿盛大舉行了，戴姨從未回去參與。她只記得那男孩詠唱儀式中的祭歌，他的聲音不可思議得好聽。

撒奇萊雅男孩朝她揮手離開，從夜晚的柏油馬路上走來她們村子中的老祭師，那老祭師是最老最老的大祭師，有著一雙粗糙、布滿皺褶的手，讓戴姨想起媽媽。她蹲在夜路，半心半意的意識到這是自己的幻覺，她此刻正在白天，她女兒車禍發生的地點。

「妳這不是失眠，妳知道嗎？」那名有著母親手掌的老祭師輕撫戴姨捲捲的頭髮：「妳陷在一個我們夜晚的時間裡了，那是黑暗的時間，人們做夢前往神祕世界的時間，是神靈（Kawas）出來的時間。」

「那我應該要怎麼辦呢？」

「妳走這條路，去把女兒帶回來吧。」老祭師的右手指向遠處，那條閃閃發光的路已被祭師的手鋪設出來，戴姨驚奇地看著，那條「路」原本只是一線彷彿在春季天空中飛翔的蛛絲，卻在祭師的牽引下有了確切形體。戴姨發現，那也正是不久前自己跟隨死去丈夫所行走的路途，此刻丈夫已經遠遠的走在前方了。

戴姨感到身體極度不舒服，老祭師提起女兒，她想到曾在年幼女兒面前失禁的回憶，那時她成天被軟禁在家，只能陪伴女兒，這具無病無痛的身體彷彿只是一團沒有意識的肉，她什麼都不能控制，她希望自己藉由不能控制屎尿來達到微小、不堪一擊的控制，好笑的是她的公公婆婆完全沒發現和室內的媳婦已經如此失常，一直等到她的丈夫回到家裡，想看看女兒，才見到整間和室充溢屎尿的惡臭與汙穢，彼時戴姨仍溫柔的抱著女兒，還輕輕的唱兒歌給她聽。

戴姨從失神中清醒，羞恥地發現自己由於膀胱無力加上精神不濟的關係，居然尿溼一地，正在她身邊遞上衛生紙的是附近分局的新人菜鳥小松，他騎車巡邏到附近，此時關切地詢問戴姨要不要到警局更換乾淨褲子。

戴姨在女兒身邊失禁以後，夫家人強行帶她看身心科，醫生開了形形色色的小藥丸，戴姨沒有不甘願，還有些高興，終於可以好好地睡去了，她吞下藥丸，那一刻，她意識到她有病，公婆說她是妄想症，有幻覺又幻聽，戴姨卻覺得自己是憂鬱症，而憂鬱症並不是時刻感到痛苦悲傷，而是由於她曾經那樣地不願意感受，以至於到了現在，她真的什麼也感覺不到了。

她幼小的女兒在她身上爬來爬去，像電動絨毛玩具，她的女兒是假的，是空心的，戴姨想把一些東西送給她、填滿她，讓她的內在，有一些真實的內裡……

戴姨掙扎著站立起來，她的路漸漸消失在遠方，只剩下蛛絲般縹緲的線索。老祭師的話語隱隱在她耳邊浮現：「路不能斷喔，絕對不能斷喔。」她重新注視身處的現實，以及小松赤褐面龐中鮮明的關心。她突然想起眼前的年輕人是唯一能夠幫助自己的對象，她伸手拉住小松，指著頭頂的監視器向他陳述需要其他畫面才能得到女兒車禍的真相。

同時戴姨也拿出放在機車座墊底下的女兒電腦，試著在大馬路上對年輕員警解釋她心中模糊的猜想。

「所以阿姨妳的意思是，妳覺得監視器畫面中女兒的臉很像在對某人笑？」小松帶戴姨回到分局，讓她簡單地清洗並換上乾淨褲子，隨後便仔細將戴姨的話記錄在筆記本上。

戴姨回答需要另一個角度的監視器畫面才能確定，除此之外，女兒正在使用的電腦中也有她無法理解的訊息。

小松接過電腦打開，開始訓練有素的搜尋，戴姨則百無聊賴地四下張望，她看見牆壁上有銀色發亮的扶手，上面銬著同樣閃亮的手銬，心中湧起單純的顫慄。

「阿姨，這些全部是妳自己一個人找到的嗎？」很久以後，小松在電腦後方抬起視線，年輕的眉宇間流露擔憂：「電腦可以先放在這裡嗎？我覺得妳的女兒可能是遇上詐騙了。」

「詐騙？」戴姨發出聲音後覺得喉嚨發乾，似乎很久沒有出聲一樣，語言在她口中攪成一團，令她只能重複年輕員警稍早說出的詞句。

「嗯，看上去不是整個集團，比較像是單人犯案，這個比較特別的是，對方會先用毒品控制被害人……這個人常常上聊天室找單身熟女，經過長時間的聊天後讓被害人卸下心防，兩人以男女朋友互稱，這時候此人就會開始向女方慫恿購買毒品嘗試。我請一位同事幫忙做出這個能看到所有聊天室密語的網頁……」小松將螢幕轉向戴姨，點擊一個網路視窗：「裡面都是這種兜售藥丸的訊息。」

戴姨早前看過一次就眼花撩亂的網頁再度出現，令她的頭劇烈疼痛，她沒能多瞄幾眼就別過臉，整個人眼冒金星。

「我可以看另一支監視器的影片嗎？」戴姨揉著眼問。

小松在登記簿與管理紀錄表上填寫資料，按規定陪伴戴姨一同觀看畫面。影片本身畫質不是很好，人物與車子都有些模糊，戴姨花了一段時間才找出女兒意外發生的段落，在上一支監視器無法看到的角落裡，她看見有個男人站在那兒。戴姨要求調閱另一支監視器影片，調到相同的時間軸，現在她可以確定了，女兒露出笑容的對象就是這個男人。

僅僅是這樣，對於找到男人沒有太大幫助。

她喃喃地道：「我要怎麼找到這個人……」

小松看上去像是十分震驚，他輕輕握住戴姨的肩膀說：「阿姨，這種事情交給我們警察就好，妳不要自己一個人去找他。」

戴姨點點頭。

年輕員警似乎還想說些什麼，戴姨卻倏地站起身問現在幾點了，小松報出時間，戴姨講她還要去參加貨車司機的出殯儀式，小松才猶豫地送她離開分局。

戴姨發動小綿羊機車時，心想最終只能靠自己了。

她好不容易養大的女兒就這樣給人糟蹋了，就像她也讓丈夫這樣糟蹋自己，遠遠的，死去丈夫的背影在幻象中緩步漫遊，似乎無聲的要求戴姨趕緊跟上，不能讓路截斷。戴姨啐了一口：「活該！你玩別人女兒，別人就玩你女兒。」這一刻，戴姨想起一句話：女兒總是會重蹈母親的運命。

是戴姨在柳川土地公廟常常碰面的另一位蓮友湘君說的，湘君也有一個女兒，「住在桃園老街溪那邊。」她這樣跟戴姨講，女兒是做八大的，似乎總是遇不到對的男人。「就跟我一樣。」湘君聳聳肩道。戴姨卻覺得，假若不斷對女兒講述同樣一句話，難道不會將她的心靈永遠地改變了嗎？就好像是一種詛咒似的。

湘君與戴姨說話時，經常眺望著鐵欄杆下的柳川，滾滾惡臭的溪水不曉得會流向哪裡。

「所有的溪水，都會流到同樣的地方。」彷彿看穿了戴姨的心思，湘君靜靜地說道：「以前有一部電影，就在講這樣的故事，這個世界上所有的河川中心，都在某處相連。」

所有的蓮友裡面，戴姨最喜歡湘君，她以一種恆長久遠的目光凝視溪水，一如自己年輕時與玩伴在山澗裡、潮濕的墳墓群中尋覓溪蟹，然而湘君總歸也不是個正常人，戴姨曾無意聽見其他蓮友背地裡說湘君比那個「做早課做到中邪」的戴淑美還要瘋得多，甚至要讓蓮會有法力的老師多次替她驅邪，與她體內的眾生溝通不要再造孽。戴姨後來每一次念佛，都會將湘君的名字加入待迴向的名單之中。

貨車司機出殯的時間要到了，柳川底已建立起由飲料罐築成的高塔，以及顏色鮮豔的花圈，使得戴姨機車的行進宛如竄入迷離的彩虹，她疲倦的老眼昏花不已，頸部與眼球後方的疼痛被霧狀的普拿疼止痛效果隔開，止痛藥實際上只能做到隔開痛苦，而非完全解除。

彩虹於炙熱的光線裡扭曲、轉動而為漩渦，戴姨在漩渦的中心停下機車，看見死去丈夫舉步走入搭起的棚架，有道士念誦的聲音和年輕女子的哀哭，隨後，戴姨被不知從何處出現的人群簇擁著，將她押到了死者的棺木邊。

他們似乎認為肇事者的母親理當一面哭泣一面爬入靈堂，所以當戴姨沉浸於藥物作用恍恍惚惚地走來，這些人反倒嚇住了，他們禮貌地牽著看上去魂不守舍的戴姨來到棺木邊，令她緩緩跪下去。

戴姨發起抖來，並非她感到害怕，而是身體上的疼痛已經穿透藥物的屏障使她知覺。頭痛欲裂，戴姨從袋中第無數次取出普拿疼藥盒，但藥盒已經空了，她彷彿窮極無聊般揮了揮藥盒，還是將藥盒收入皮包。

接下來這迴異於戴姨幼時經驗，甚至是丈夫死去經驗的儀式是這樣的：搭起的塑膠棚中堆滿氣味刺鼻的鮮花，死去的貨車司機照片帶有微微笑意，悲憫地俯視底下分跪兩側的男女。原來這貨車司機老到有第三代咧。戴姨想，有人輪番跪到前頭念祭文，賓客上前捻香時，跪著的人們也必須跪拜回禮。

戴姨被安排跪在棺木旁，是一個尷尬、不合宜的位置，又能以死者的角度觀看一切，這些來來往往吵鬧的人群在戴姨眼中逐漸模糊成淡色多彩的光點，她跪得愈發辛苦，幾乎再也無法支撐，她想起自己過去同樣一次長跪的記憶。有一天晚上她忘了給女兒洗頭髮，丈夫一整天在外工作，回家第一件事是聞女兒的頭髮，細細長長，烏黑柔亮的孩子的髮，能夠證明作為母親的戴姨是否盡職。

那天丈夫嗅聞女兒的髮，聞到頭油臭味，他把戴姨叫到跟前罰跪，那一天戴姨不知怎麼搞的，膝蓋怎樣也軟不下去，她衝出家門，赤腳跑過夜晚的街道。披頭散髮，丈夫曾經喜歡的又黑又長的頭髮到了後來只是造成她諸多不適，同時方便他人的把握罷了。到了後來，連公婆都懂得學丈夫抓住她的頭髮，強迫她跪下來刷洗地板或者牽她到其他地方。

她女兒也漸漸留起這樣的長髮，真是罪孽。戴姨跑著，像隻流浪狗，但他們曾經短暫的替鄰居照顧過狗，狗的生命儘管短暫都還比她的要更自由些，狗會被丈夫帶出門散步，為了不讓牠往家裡大小便，那時，戴姨一面跑一面想起了狗，她感覺自己前所未有的不安與自由。

她放慢腳步，行走於黑暗街衢，她認不得周遭的路，恐慌不已，趁夜孳生的城市之街使她如蛛網中蝶，她大哭大叫，引來狗吠，卻無人幫她。她愈走愈倦，充滿絕望。漸漸的，戴姨身邊圍繞著老祭師們，她正走在巫師祭的中途，在那裡，一切都溫柔，充滿儀式的理性與疏離，她們一同走到其中一位族人屋內，詢問那戶人家所有祖先的姓名，將其編織進祭歌裡，隨後，老祭師們開始吟唱。雙腳踏步，手指牽起無形絲線，絲線延展為路，那條路將通往靈界，不知為何，對於戴姨來說也意味著通往了家。路在戴姨眼前鋪展開來，她是芒草原中哭泣的小女孩，順著這條路終於找到正確的方向。

但她不想回到夫家，不想看見女兒，而那些人已經出來找尋自己了，她掙扎亂踢，哭得聲嘶力竭，她的靈站在肉體之外，看著那個瘋狂女子吶喊的怪音。

戴姨已經無法繼續維持清醒，已經弄不清這是現實或夢境，是疼痛或藥物，這場葬禮是丈夫的還是女兒撞死的老司機的？

滿身刀痕的丈夫站在她面前，傷口沒有血，像是黏土上用雕塑刀按出的壓痕。死去的丈夫很可怕，也很好看。戴姨老是覺得，這才是她丈夫應該要有的樣子。戴姨的靈不再看望痛苦不堪的過去的自己，亦不再看望現實中跪於棺木邊的自己，順著這條老祭師們右手牽引出的路，跟隨她們編織祖先名字的歌，她走過了數萬神靈存在的界，那裡有蛇神、檳榔神、獵鳥之神等她兒時熟識的神靈，而她成為過去那名行走於芒草原中的女孩，這些她此生的神靈像無數的光點朝身後飛快遠去，更像是遙遠難以觸碰的星星。

於是，戴姨在這一天遇見了火神。

她身處經常於白日夢中遊蕩的荒原，火神是一堆即將熄滅的篝火，聞起來有小米稈的氣味，戴姨湊近篝火，吸入熟悉且陌生的芬芳。

「祢是特別在這裡等我的嗎？」十歲的戴姨揉揉眼睛。

我聽見妳的憂慮，從山的另一邊過來尋你。火神的聲音如暮靄，如煙塵。

戴姨說：「可是我，離棄了祢。」

不，妳不可能永遠逃離。火神像是笑了：我有很長的耐心。

在火焰的溫暖中，戴姨感到微微寒意，她抱著雙臂倉皇四顧：「這裡是靈界……我死掉了嗎？」

妳死了，差不多，一點點。火神說：妳出神離世來到了這裡。

戴姨十分困惑：「如果我死了一點點……每個人死掉以後都會遇見自己小時候想像出來的東西嗎？」

不一定，通常只有小孩子是這樣，因為他們還沒有機會去信仰什麼。

「祢……是我想像出來的嗎？」

這一會，火神過了很長一段時間都沒有回答。

我早在妳的過去就已存在，在妳未存在以前就已存在，我是妳的現在，也是妳的未來。

「那是什麼意思呢？」戴姨說這句話的時候，不自覺模仿了老祭師們滄桑詢問的口吻。「敬愛的祖先，請問你叫什麼名字呢？」

火神說出了祂的名字，那個字，喚起她久遠的鄉愁。

戴姨從來沒有聽過，但她了解那個字的意思。

「祖先，你可以帶我去找我的女兒嗎？她車禍昏迷，她的靈可能在靈界裡迷路了。」

一陣風從遙遠的天空中吹來。

戴姨閉上眼睛，在黑暗中緩步前進，周身漸漸環繞無數同樣行進的女體，肩膀摩擦肩膀，大腿摩擦大腿，她們共同邁向近乎悲劇的結局，永遠無法戰勝那些男人噢。可她們仍執意前行，無所畏懼。戴姨張開眼，她來到旅程的終點了，那荒原的盡頭劈啪作響，熱鬧非常，像鞭炮、冒煙的祭葉、線香發紅的頂端、火神祭的稻草圈，隨後燒成永無止盡的光亮，她看見火，燃燒整片黑暗，彷彿即將吞吃殆盡的火，共組成她逐漸崛起的偉大的古神，那一座高聳無比的火之雕像，火神的容顏如流動的岩漿，緩慢自歷史裂縫而來，使她在某一刻心生恐慌。荒原狂風獵獵，她痛哭失聲，顫抖不止。可是我為什麼會在這裡啊？為什麼只剩下我一個？我又要往哪裡去呢？火神沒有回答，只以燃燒的視線全然籠罩她，使她同時感到渺小和巨大、理解和疑惑、思念和恐慌，她以破碎、無從辨明的語言不斷祈求。

然後便與開始一樣突然的，戴姨身邊環繞的女體中，有一個女人牽起她的手。

「妳是我的女兒嗎？」戴姨在黑暗中狐疑地問。

女人過了很久才說話：「幸好媽媽妳的頭髮還有一點點綠，這樣在哪裡都可以找到妳啦。」

葬禮結束了，戴姨恍恍惚惚從跪著的骯髒地毯爬起來，感覺全身疼痛，像走路走了很久很久，很累，她從來沒有感覺這麼疲憊過，她剛才是做了一個夢？可她始終清醒，那是個什麼夢？大抵又是幻覺吧……這一天，她好忙碌哩。正準備騎車回醫院時，她又接到來自分局員警小松的電話。

「阿姨，我同事把資料都拷貝好，電腦也可以還給妳了。我剛好要到醫院，順便幫妳送去吧？」

戴姨同意了，沒來由地心中流動一陣溫柔，她發動小綿羊，總算在天黑前回到醫院，她嗅聞病房濃厚的消毒水氣味，以及冷冷的空調，她聽見機器運轉的隆隆聲響。

病床上，她的女兒醒了。

「媽媽。」

「噯，丫頭。」

戴姨坐到她身旁，從過去到現在，她一直是這樣陪伴著女兒。

「我小時候，妳一直在塞頭髮。」

「嘿？」

「妳有長長的頭髮，妳把頭髮一直塞到我尿尿的地方。」

戴姨知道女兒還有些迷糊，是噩夢嗎？她摸摸女兒的臉，摸到一手濕汗。

「我幫妳塞。」女兒說：「妳幫我塞，我也幫妳塞。」

戴姨想起來了。

那是古怪而且無法解釋的異常舉措，在她生病的時候，她覺得女兒是假的，是空心的，那時候，她做了讓女兒再度豐滿真實的事，但她一直以為，那只是夢境。

女兒的手機響動著，戴姨記得女兒很喜歡這支手機，她著迷於和陌生人聊天，她不禁好奇女兒有信仰嗎？一直以來，女兒痛恨戴姨上布教所，或許因為這樣嘲弄她燙捲的頭髮。可是啊。戴姨想，這丫頭迷戀手機的程度，幾乎等同於她每天早晚上佛堂。她難道不信仰小小螢幕中一個個來自陌生人的對話框？

女兒再度入睡以後，戴姨試著趴在病床邊休憩，明明已經將大部分的事情都處理完畢，她卻仍感到頸後骨刺與眼球後方的某個點連成一線，頸部兩條筋亦突突疼痛，她大睜著眼睛，心跳如擂。

小松員警在這時送來電腦，敲響病房房門大步而入。

「相關偵查工作正在進行中，很快就可以找到販毒給妳女兒的人。」小松員警告訴她：「阿姨，妳不要想做危險的事好嗎？」

戴姨很清楚這時候自己該怎麼辦，她會裝傻，就和過去每一次夫家的人找她麻煩時一樣，她假裝對所有的惡意與關心都一無所知，接著他們會放棄，方便她之後私下行動。

小松員警留下電腦便離去了。戴姨打開女兒的筆電，連上無線網路，打開瀏覽器迅速找到ＲＴ聊天室網頁，鍵下「妮可徵糖友」ＩＤ進入聊天室。

深底各色螢光字再次襲來：

[37:31] 我們有位朋友 健身～ 180 ～ 66 進來了

[37:32] 給 [妮可徵糖友] 的密語 真的好硬想噴 說：嗨 訊愛嗎 25歲

[37:33] 我們有位朋友 陽光男孩 進來了

[37:33] 我們有位朋友愛看你在上面搖 進來了
[37:36] 給［妮可徽糖友］的密語 肉棒的慾望 說：嗨!!有玩電愛嗎？一起玩玩嗎??還是給約一夜呢^^ ??
[37:36] 我們有位朋友 陽光帥鮮肉 進來了
[38:00] 給［妮可徽糖友］的密語 林組頭 說：母豬，不是撞爛了嗎？

戴姨蜷縮起雙腿，以兩根食指打字，尾端螢綠的頭髮在螢幕的微光下輕輕跳動：

[38:15] 給［林組頭］的密語 妮可徽糖友 說：人好好的，只是擦傷。
[39:23] 給［妮可徽糖友］的密語林組頭 說：你媽呢？
[46:33] 給［林組頭］ 的密語 妮可徽糖友 說：怎樣？
[05:46] 給［妮可徽糖友］ 的密語 林組頭 說：之前手機都她接的，你還欠我五萬，過了今天要多收利息，不要以為我後台沒人
[09:00] 給［林組頭］ 的密語 妮可徽糖友 說：我車禍耶，一點都不關心我喔？你要我怎麼給你

[10:53] 給 [妮可黴糖友] 的密語 林組頭 說：叫你媽啊

[13:00] 給 [林組頭] 的密語 妮可黴糖友 說：她又不知道

[16:01] 給 [妮可黴糖友] 的密語 林組頭 說：我在XX國小，到一點，你來不來，母豬

[16:30] 給 [林組頭] 的密語 妮可黴糖友 說：對不起對不起，是我不好

[19:10] 給 [妮可黴糖友] 的密語 林組頭 說：A_A 你也知道，要用身體償還歐～

戴姨檢查皮包內女兒手機，正轉頭，看見她丈夫在房門口，面無表情瞅著她。「不用這樣看我。」戴姨說：「你的女兒，你也要顧。」她正要離開，眼角餘光瞥見丈夫滿是刀痕的手緩緩拍撫女兒身下的被單，這是她第一次離死去的丈夫如此接近，過去她給丈夫收屍時，突然暈厥在地，女兒不知是體貼或輕蔑，要其他親戚把戴姨扶走，此後淨身擦洗、更衣都由女兒，或許，戴姨想，自己真真切切鬆一口氣。

死去的丈夫聞起來乾淨，有一股奇異的阿摩尼亞味道，他平頭的後腦勺，還沾著棺材裡墊的衛生紙棉絮，戴姨出於許久以前的習慣，伸手想替丈夫捏去棉

絮，不料她手指觸及之處，一片如夢似幻的火焰燒起，棉絮便翻飛成金邊焦黑。

戴姨這才發現，自己的肚腹再度炙熱難耐，就像她第一次走進芒草原，其實是為了查看初經。她與丈夫四目相對瞬間，肚中暗火橫生。她懷女兒時經常做在荒原尋找火焰的夢，這熊熊火焰如今燒到了現實之中，令她整個人都在燃燒！戴姨走出醫院，行過夜路，覺得有一點不好意思，因為自己這樣毫不羞赧的大放光明。她看看自己的手，被火焰所包裹，她經過的平房有片落地窗，透過窗，她看見自己宛如神靈般正熊熊燃燒，熾亮的鮮紅火焰包圍在她四周，她卻沒有任何疼痛，就連身上穿著的衣服也絲毫未損。

戴姨繼續行走，奇異的沒有遇到任何路人，她不曉得自己最終如何走到國小，只知道她已抵達，走過的地方一片焦痕，火焰在她身邊搖曳。戴姨從皮包中取出女兒手機，看手機好端端包裹於火團中的異樣，戴姨撥下了那組老是不出聲的號碼，在操場中央的一道人影接起手機那刻，戴姨從教室走廊邊撿拾破裂的課椅木板，木板隨之燃燒，此刻連她帶有絲絲螢綠的捲髮，也燒得像烈焰的中心。

那個販毒的男人看見了她，面孔顯現出極度驚恐，像看著神或魔鬼，而非一名拿著椅子木板的老太婆。卻已經太晚，又或者男人的眼睛已被強烈光線刺傷，戴姨拿木板狠狠毆打男人頭部、肩膀，使得無數星火亂竄，直到男人拚命求饒，戴姨終於放下。

男人卻仍然尖叫不停，戴姨停下毆打動作時，身上的火漸漸熄滅了，煙氣從她皮膚表面發散，也從她的嘴巴、鼻孔和耳朵中冒出。等男人心情平復並再度凝視她，發現眼前這名老太婆並沒有任何特別之處，他也已失去了反擊的能力，戴姨可以從男人手臂上的針孔看出來，他與自己相同，在某些時候無法區別真實與虛假。

戴姨蹲在失神恍惚的男人面前，好奇地詢問：「你是賣毒給我女兒的人？」

「我不是最早的那個。」男人乖巧的回答：「你是妮可的媽媽？」

「是啊，我是她媽媽。」戴姨續道：「你可以把最早那個人的聯絡方式給我嗎？」

男人搖頭，只搖了一下，戴姨再度燃燒火焰的手已迅速給了他一巴掌。

男人發出痛苦的嘶嚎，臉上的皮膚因高溫而層層捲起。

「我……我可以給妳錢。」

「我不要你的錢，把電話給我吧。」

不等男人回應，戴姨從他的口袋中搜出手機，手機沒有設定密碼，在手中掂了掂機體的重量，戴姨像是很滿意似的點點頭，站起身準備離去。遲疑了一下，戴姨回男人身邊蹲著，問：「我女兒都跟你買什麼？」

「快樂神，一組的。」

「會讓人睡覺嗎？」

「一開始不會，這讓人嗨的，嗨到最後會很累，很好睡。」

男人口袋裡確實有一些藥丸，是戴姨從未見過的顏色與形狀，她取走藥丸，將頭破血流的男人拋在身後。

回到醫院戴姨試著入睡，但一閉眼就會看見熊熊火焰，她滿腔的復仇怒火在體內不斷流竄。已經好多天沒有睡覺了，戴姨撥弄手中藥盒，反覆咀嚼販毒男人的話，吃了就能入睡，真的嗎？

直到蓮會做早課的時間，戴姨換了件衣服，到佛堂與眾師兄姐們念佛，她心中充滿一種古怪、灼熱的痛楚，早課末尾，她將所有功德都迴向給女兒。

戴姨呆呆地在座位上凝視莊嚴佛像，想起生命中最早攸關於此的記憶。

那是另一個部落的獵人跟她說的。

獵人認識一個曾經做過山老鼠的漢人朋友，篤信佛教，他為了尋找最適合做神像、佛像的木材——俗稱佛仔料，有一次覓得一棵千年牛樟，他將木頭切割成塊材，連夜運送到負責仲介的對口手中。

有一天，他突然莫名地感到很好奇，不曉得自己送出的木頭會雕刻成什麼樣子，他輾轉聯絡後親自到那間專賣神像的店裡，拜託老闆帶他去看已經完成雕刻的佛像。他沒有說那塊木頭是自己採下來的，只是心裡隱隱受到牽引，感覺這尊佛像在呼喚他。

老闆從昏暗的倉庫內走出來，那時他看見，展示桌上以牛樟雕刻的死去的佛。獵人對年幼的戴姨說，這個漢人朋友當時受到了非常嚴重的驚嚇，從此以後就不再上山。

死去的佛是什麼樣子，戴姨沒有任何概念，她聽講經的老師提到《悲華經》中對於阿彌陀佛的壽命有清晰的記載，因此這部經典被蓮會認定是偽經，或者至少不那麼受到重視。「現在是末法時期，我們不能輕信沒有根據的文獻。」這名老師說。然而，戴姨卻因此對於佛的存在更深信不疑，她無法想像無量壽命的神佛，但經過仔細的考證，或可得出佛有半個恆河沙等阿僧祇劫減去八萬四千兆劫的壽命，這是如此漫長而壯麗的有量壽，戴姨看見了佛生命的終末，佛與她更加親近，更加真實，她的信仰也更加堅定了。

此時此刻，戴姨肚腹內的火焰並不熄滅，只是悶悶地燒著，她意識到火神的存在，祂並不介意戴姨有其他的信仰，因祂與戴姨已是如此深刻地聯繫在一起，而當她想起女兒，火焰燃燒得愈發凶狠。

戴姨在座位上拿出販毒男人的手機，她沒有充電器，手機已經快要沒電了，她聽說有某種方法可以轉移手機內的資料到另一台機體，但她不曾學過，只好拿出平日聽經寫筆記的紙筆依序抄下聯絡人名單中的所有號碼，聯絡人的名字看在戴姨眼裡十分奇怪，什麼小豬、炮哥之類毫不莊重的稱呼，她滑了半天也沒看見像是父母親或家人的名姓。

這些字又在她腦中昏眩的翻飛，她拿女兒的手機開始一支一支撥起電話。

致電給陌生人是一種奇怪的感覺，戴姨年輕時做過一陣子替法律事務所詢問對方是否有卡債問題的電訪工作，女人通常會理性並警覺地詢問她怎麼會有自己的電話，男性則想和她聊天，甚至大膽邀約見面。

那其實是戴姨人生中的第一份工作，她帶著無私的好意替這些陌生人擔憂，儘管經常得不到善意的回應，戴姨仍然一通接一通的撥打下去。一直到很久以後，戴姨理解到這種對陌生人好意的虛擲是一種多麼愚蠢的作為，她因此被利用、被看輕，夫家人也是看她好欺負便將她軟禁在家裡，她唯一的功用，只剩下養育孩子。

戴姨搖搖頭，繼續撥打電話。

面對這些三教九流的對象，戴姨的說詞一律是女兒生病，正在尋找她欠款的債主，要替女兒還款。那些不多問一句，只忙著要錢的肯定不是她要找的人。既然交往過，一定還會有往日的情分在吧？就連她那個早死又暴力的丈夫，都有疼惜她的時候，戴姨沉浸在那柔軟、溫情的某刻，也令那一時刻急速地從她腦海中溜走。

最後聯絡上一個叫做阿鬼的男人，似乎就是戴姨所要尋覓的對象了，那個在網路聊天室第一次釣她女兒的人，欺騙了她、糟蹋了她。戴姨卻沒有最開始的憤怒，對於這名曾與女兒交往過的男人，她心裡湧現了對待女兒心愛之人的溫情，他說不定也是有苦衷的，就這樣聽他說說看，聽他解釋一下吧。戴姨將電話湊近耳朵。

名為阿鬼的男人聲音聽起來軟弱低微，他告訴戴姨很對不起她女兒，只是感情的事情沒有辦法勉強，此外他不曾賣藥給她女兒，他也不如之前約戴姨到國小那個男的所說，是她女兒的藥頭。

「不過她是欠了我一筆錢沒錯，不知道阿姨想怎麼還呢？」

戴姨決定一樣約晚上，相同的國小，但阿鬼立刻否決了戴姨的提議，他提供一組地址，通往山區某處紅豆餡工廠的倉庫，然後便急著要掛電話。

「等等，你告訴我，你是做什麼的啊？」戴姨突然地詢問道，為自己這樣關心女兒交往過的對象感到羞赧。電話彼端陷入短暫的沉默，最後阿鬼說：「阿姨，我在那間紅豆餡工廠工作啦。」

「是喔，那很好啊，我女兒很喜歡紅豆餡，她小時候啊，最喜歡吃紅豆包子了。」

「每天都在攪拌餡料，聞到那股味道都想吐。」

「之前呢？之前還有做什麼工作？」

阿鬼簡單地表示有一陣子在夜市擺攤，因為違法販售手指虎被抓，之後就沒做夜市了……他們又聊了幾十分鐘，再三確認了見面的時間地點後，才結束對話。

戴姨抬起原先在低聲通話的頭顱，與佛堂中央的佛像對視，她還是極度疲憊、身軀痛苦，手指反覆摩擦裝有藥丸的盒子，想著女兒也吃過這種藥丸，當她吞下藥丸，心中感覺到什麼呢？

「這條路不能斷喔。」老祭師的聲音迴盪在她耳際，蛛絲般發亮的絲線飄浮於空中，她小小的死去丈夫行走其上，戴姨以右手奮力抓摶，雙腳踩踏步伐，宛如舞蹈，她準備好出發了。

「淑美，妳也來做早課啊？」熟悉的聲音從戴姨背後傳來，她看見湘君蒼白的面容，手腕掛著一串念珠，正急速地來回撥弄。

「是啊，湘君，妳今天有跟老師講話否？」

「有喔，他跟大鬼小鬼說好了，要排隊離開我的身體去護持大家的修行，要當護法嘍。」

「真的？」戴姨像對待幼兒般輕聲問：「它們要怎麼離開？老師有對妳說嗎？」

湘君慘白的面孔頓時浮現血色，說是從身上最骯髒的洞進來的，也要從那個洞出去，從……從肛門那裡。湘君附在戴姨耳邊悄聲告知。

戴姨頭腦一陣昏痛，等湘君被其他師姐叫走，戴姨才趕緊到廁所乾嘔，頸部後方的骨刺讓她連喝水都痛，她卻無法克制反胃的感受，只能努力讓水聲掩蓋自己嘔吐的聲響。

赴約前，戴姨打了通電話給小松員警，或許人正在值勤，並沒有接，她便在語音信箱留言，告知了自己將去的地方以及會面的人，這是戴姨認為自己愚鈍的腦袋所能想像到最保險的方式。

戴姨騎上她的小綿羊，在黃昏時駛向通往山區的道路。路上她買了幾支沖天炮以備不時之需。以前遇到的獵人，上山都會帶幾支沖天炮，戴姨詢問用來做什麼？他們會笑著說：「用來打鬼啊。」鬼是漢人的信仰吧。戴姨很好奇地說：我們不是只有祖靈嗎？

獵人們沒有回答，只是笑著乘上小貨車，與咆哮的獵狗們一同隱入山間的陰影。

戴姨已許久沒有騎車在夜晚的山路中奔馳，她感到腦袋後方很痛，長骨刺的地方也突突地跳著，但她想起從昏迷中甦醒的女兒，她想到女兒說：「我幫妳塞。」她的心又更深地撕裂了。

女兒會這麼恨她這個有精神病的媽媽，或許不是毫無理由的，就像她也遠離了自己的母親一樣，女兒總是會重蹈母親的運命，戴姨已經記不太清楚了，但女兒小的時候，身邊只有她，在年幼的女兒眼中，戴姨或許就像某種神靈一樣。然而，如她這樣的神卻是不安定的，內心千瘡百孔，無法維持正常。某天戴姨幻覺發作，將長長的頭髮剪下來，硬是要女兒從嘴中吞下，女兒哭泣著掙扎，她又強拉開女兒雙腿，將頭髮往陰部塞去……戴姨覺得最可怕的是，她仍舊記得當時認定自己所作所為毫無異常的時刻，她滿懷對女兒的憂心，害怕女兒與自己一樣，漸漸成為沒有內在的空殼。

小綿羊衝入漆黑的山洞，戴姨看見隧道前方被車燈推開幾尺光亮的道路，盡頭是她死去丈夫蹣跚緩慢的背影，她因此確定自己在正確的道路上。「這條路不能斷喔。」耳邊彷彿飄蕩著老祭師的叮囑。

戴姨抵達夜晚的紅豆餡工廠時，距離與阿鬼約好的時間還有半小時長，他們原本談好要在今天由戴姨解決他與女兒之間的債務，戴姨掛掉電話以後卻覺得在深山裡的無人工廠清償債務，似乎不是一件合宜的事情。她沒有再與阿鬼確認，兩手空空騎車到工廠赴約，只帶了幾支沖天炮與打火機壯膽。她想待會跟阿鬼道歉就好，畢竟自己上了年紀，只是一個老人家，對方會原諒的。今天晚上，戴姨就只想聽阿鬼說明他欺騙女兒的原因。

入夜的工廠由於天氣漸冷的緣故，寒涼空氣參雜一絲同樣冰冷的甜膩氣味，那味道不讓人聯想到食物，反而有些使人欲嘔。由於寒冷的關係，戴姨發現不能如之前那般從體內燃燒起來，通往火神與靈界的「路」也縹緲不定，戴姨丈夫的亡靈不知所終，偌大的工廠只剩她獨自一人，這時，她聽見不遠處傳來談笑聲響。

幾名年輕人拿著手電筒與棍棒，彼此互相敲打玩耍，手電筒的光照向戴姨，她不禁顫抖地瞇起眼睛。

由於光線太過刺眼，她在亮光中索性閉著眼，回答那些圍攏過來的年輕人問題，包括她是不是妮可的母親？是否隻身前來？以及有沒有帶足夠的現金償還債務，戴姨搖頭的時候，感覺到散發惡臭的液體潑濺在身上，她聞到汽油氣味，年輕人手中的棍棒輕輕溜過她粗糙的皮膚表面，嘴巴一陣麻，從門牙處溫熱地溢出血來，戴姨慢半拍地意識到，自己被鋁棒敲斷了一顆牙。

這些年輕人像戲弄一條流浪狗那樣戲弄著她，戴姨被強光照得失去方向，盲目朝推打自己的人體撲去，隨即被一腳踹回原位，戴姨在原地轉圈，徬徨而驚恐，目盲的白亮中，她陷入前所未有接近出神的狀態，回到與年老祭師們行走於黑夜的過往，帶有靈性的老祭師們將她圍在中央，吟唱祭歌。戴姨在心裡說：「已經不行了！太痛了！我真的走不下去了……」不知從哪裡來的一隻年老粗糙的手，輕輕握住她的臂膀，指引她做出一個如同轉圈般的動作，也就是這個動作，使她想起了最初的舞蹈。

所有的祭師都能在任何時候立即知道一切方位，為了精準地執行儀式，儀式中的舞蹈，每一次轉圈都有特殊的意義，是從世俗通往神聖世界的過程。戴姨在被毆打的疼痛中艱難地轉圈、舞蹈，覺得自己像個瘋子似的，又哭又笑地承受來自下一次的擊打，當她最終無法繼續支撐下去，她跌坐在地，吐出滿嘴鮮血，她的頭歪向一旁，整個人斜斜地躺臥到地面。

她喃喃地念著：「媽媽……我再也無法了……」

終於疲憊地倒在廢墟的水泥地上，鮮血沿著缺牙的嘴流淌到地板，染過的頭髮在灰塵沾染下變得黯淡，她用盡力氣尋找體內的火焰，但路已經消失。年輕人當中傳來阿鬼的聲音：「她來騙的，根本沒拿錢，我看她也有跟警察講。」

「那現在要怎麼辦？」

沒有人回答。

身體就這麼陷入了臭水的包裹，戴姨看著年輕人們無法看見的暗處，她只感到深深的疼痛，顫抖的手指摸索口袋取出普拿疼盒子，小心翼翼取出一顆藥丸和血乾嚥下去。意識一角，她的丈夫靜靜地瞧了她好一會，彷彿示意般地轉頭前行，戴姨嚇得趕緊跟上，竟發現自己又開始走那段森林步道的辛苦路，她每走一步，丈夫都在前頭數落著：「幹！走那麼慢是豬嗎？幹！」戴姨咬著牙，繼續前進，她走得那樣艱辛，好不容易與丈夫並肩，隨後丈夫的腳步突然慢了下來，戴姨只稍稍加快速度，便將他遠遠地拋在後頭。戴姨走進一間方方正正的和室，室內燈光鵝黃，散發屎尿惡臭，她的女兒留著長長的頭髮，看起來如陶瓷娃娃般精緻可愛，仔細一瞧，她正執拗地將長髮往破裂的肚子裡塞。

戴姨打開和室的另一扇門，繼續往前走。

她回到多年不見的老家，位於東海岸，屬於母親的部落，她的母親正在她面前，替她穿上一身黑色的儀式用衣服。

媽媽正在對戴姨講述自己撿到她的經過。

「妳是在一片大海中央被人發現的哦。」媽媽蹲下身，替她綁好布條。

「我是媽媽的孩子嗎？」

戴姨低頭看去，恰好與母親的眼睛相對，那雙眼睛散發著暴風前夕的灰暗與湛藍。

戴姨很久以後知道，她本來就是她母親的女兒，是母親在一艘名為「冬嶼號」的廢棄郵輪上產下的孩子，她生下了她，原本也準備要永遠地遺棄她。那天正好有強颱登陸，綁縛冬嶼號的繩索被風吹斷，冬嶼號就這樣漂流到港口外的海心，隔天才被漁人發現。

據說，戴姨的母親遠遠地看見這個神祕出現在大海中央的孩子，被一群老得起皺的漁人們帶回岸邊，突然明白這就是她的天命，是她無法逃離的命定，母親將這個屬於自己的孩子重新帶回家裡，養育成人。

戴姨繼續走，穿越兩旁逐漸燃燒起來的五節芒，她繼續走。

她再度來到那片空曠的荒原，看見所有年老的祭師都在那裡，她們高舉祭酒，喃喃念誦，舞蹈著，旋轉著，在痛苦中吟唱。

戴姨第一次清清楚楚地明白。那是既定的現實，因這個世界的未來已不再需要祭師，不需要她們的儀式。

這些老祭師每一年都會在相同的時刻，到這片荒原祭祀所有已故的祭師，而在許久的將來，將只剩下自己一個，來這兒祭祀所有死去的祭師。

意識到這件事，戴姨悲傷地哭了。火焰從荒原的外部開始燃燒，逐漸席捲中心，戴姨聽見火神與祭師的細語。

「可是，為什麼是我？為什麼是我啊？」

她像燃燒殆盡的木炭，只剩下慘白的灰燼，燜燒著微弱的橘紅火光，一隻如母親的手輕輕放在戴姨頭上。

「妳母親過世的時候，妳有回來嗎？」

「沒有，我真的很對不起，很對不起啊，我沒有回去，沒有去見媽媽最後一面啊。」

「妳不知道，妳可以這樣平平安安在外面長大，是因為她替你做了所有的儀式嗎？」

「我不知道，我真的不知道啊！」

「妳媽媽代替你成為祭師。現在，如果不是妳，就是妳的女兒了。」老祭師說完最後這句話，放在她頭頂的手悄悄移開，戴姨感覺到從體內深處的火焰再度湧現。順著這股炙熱溫暖，戴姨伸手到懷中，取出沖天炮與打火機點燃，此時那夥年輕人的聲音已清晰起來，他們在戴姨身上潑灑汽油，卻沒料到她膽敢取出打火機，點燃沖天炮。

戴姨聽見年輕人們驚慌地叫喊，火焰在她身上凶猛地燃燒，空氣中的紅豆餡氣味轉變得溫潤而濃郁，火光照亮森白的工廠，戴姨握緊手中的沖天炮，等待它們像離水的魚般扭動掙扎。

劇烈聲響撕裂了紅豆餡工廠上方的天空，一聲又一聲，戴姨聽見警笛由遠而近，她趴在地面，讓身上的火焰燃燒得又高又亮，這樣，無論誰都能從遠遠的地方看見她。那群年輕人似是害怕地四散逃跑了，戴姨無法顧及身上的傷口，她困難地站起身，朝其中一名年輕人蹣跚追去。

這是一奇異的畫面，燃燒的老人緩步走向腳軟無力的年輕男子，紅豆餡工廠畫有塗鴉髒話的水泥牆被火焰照得一片白亮，名為阿鬼的男人，影子同樣被照得歪斜而狹長。

戴姨一如以往地蹲下身子，與阿鬼四目相對。

「你不要怕。」戴姨聽見自己說：「我只是想問你，為什麼要騙我女兒？」

阿鬼無法言語，口中吐出白沫，四肢抽搐。

「我沒有要弄你，我只是想知道……」戴姨著急起來，知曉小松已經帶人前來搜索，很快就會找到他們。「我只是想知道你們是怎麼想的？」她的丈夫，他一整個夫家的親戚，甚至是女兒對自己的輕視，突然洶湧地席捲戴姨胸口，她的聲音漸漸低微，幾近不可聞：「我只是想知道，我跟我女兒是做錯了什麼。」

阿鬼呆然凝視戴姨，終於緩緩張開嘴，發出一聲戴姨此生未再聽過，最為恐怖的哭嚎。

戴姨在小松找到自己前離開。

她感到有所完成，屬於她的路途卻仍未結束。

她只能繼續走。

老祭師在她耳邊說：「路絕對不能斷。」戴姨堅定地點點頭，帶著滿身燦爛的火焰，她騎上那輛五十C.C.的小綿羊，如流星般狂飆入漆黑的夜色。

她勢必得繼續將這條路走完。

戴姨使盡全力支撐最後的火焰回到女兒住院的醫院，儘管她知道火焰已所剩不多，她雙腿發軟，開始顫抖，全身沒有哪裡不痛，可是這一次，她知道是真的了，沒有幻覺或過往回憶阻擋，她做了一件真正的事，雖沒有得到想要的真相，卻無疑替女兒報了仇……已燃燒殆盡，一股從體內升起的疲倦，深深地攫住她。

戴姨回到病房，顫抖著手打開念佛機，陣陣熟悉的佛號聲中，整個人癱在女兒的病床邊，她讓視線保持在女兒沉睡的臉上。眨著眼，閉起來又張開，又閉上，最後不再張開，泛黃的眼皮底下，眼球快速移動，口水從戴姨嘴中絲絲流瀉，最後，她握緊的手漸漸放鬆，非常非常放鬆，非常非常柔軟，她的呼吸變得均勻，尾端螢綠的捲髮輕搔她皺摺的眉頭。

戴姨睡著了。

夢裡，她走好長好長的路去看她好老好老的母親，她回到東海岸的部落。昔日年老的祭師們穿著儀式的衣裳，陪她走這段回家的路途，同時，戴姨知道自己將再也不會離開，她會像最初應該的那樣，成為有靈名的女祭師，替她的女兒做所有的儀式。她不得不如此，這麼痛苦，這麼寂寞，這麼自由……她回到了家，母親一遍一遍摸她的臉。「我的女兒、我的女兒。」眼睛已瞎白，老母親乾枯的手一遍遍撫摸她，她一直都會是她母親的女兒，海邊白石礫產業道路的兩旁，高高的五節芒燒了起來。

殺死香雀樹

品琴是一個怎樣的女孩子，我至今仍舊難以說明，只在她撞上我的車時，遠遠地張開雙臂飛向幾公尺外的柏油馬路，我下車趕過去，見她面朝地趴在路上，問她：「很痛嗎？別擔心，我叫救護車了。」她也只是一直哭，哭啊哭啊，卻還硬是擠出一聲：「下午三點的柏油路，好燙。」

她的聲音莫名有種幼稚的腔調，使人誤以為她才剛上小學，可她輕輕偏頭時那張無表情的流淚面孔，恰如下午三點的盛夏陽光猶帶老辣。我的手撫過她的短髮，她的頭顱嬌小並且抖顫。上救護車的時候，我謊騙醫護人員是她的哥哥，一路都握著她的手，她的手指甲也深深地陷進我手背的皮膚，至今都看得到疤痕。

實際上，就和開頭所說的一樣，是品琴自己來撞我的車，她背著巨大的軍綠色登山包，隱身在茂密的分隔島，她意圖穿越馬路時我曾在那刻窺見她的臉孔，就像一張瞬間截取的照片，照片裡的她遙望不知名的遠方，眼神憂鬱而茫然，穿透出不屬於她這個年紀該有的滄桑，她正為誰哀悼，我相信，並且長此以往，她的時間被止息於無法抹滅的回憶洪流。

直到意外發生。意外發生於下午三點整，至今已過了四十五分鐘，品琴手腕上的紙環簡單地記錄了她的基本資料，江品琴，二十歲，民國八十年七月六日生。

我到便利商店買了些免洗內褲和盥洗用具，她有需要可以使用。幫她做這些事能減輕我的愧疚，看著她在病床上被推來推去地作檢查、她瘀腫不堪的臉上那些白紗布，我感到內疚……但其實我根本沒有內疚！相反地我開始思索曾看過的新聞事件，假車禍真斂財、兩百萬和解、黑道恐嚇等等，起先我怨恨隨意穿越馬路的江品琴，之後又因為自己的冷酷寡情倍覺難堪，我幫品琴做那些事……是為了使自己能感到內疚，我不希望人類在應該感到悲傷的時候發笑。我看著品琴瘀傷處處的臉，極盡全力地忍耐。

品琴紫色的瘀眼微瞇地偷看我，從中滲出淚水。

我竟然聽見她說：笑吧，真正的悲劇總是帶點可笑的成分，呼哈哈哈。

我的嘴角抽搐了一下，原以為自己要笑了，可是我哭了，我趴在品琴床邊，毫無理由地落下眼淚。

品琴後來對我說了許許多多的故事，絕大多數都難以置信，但我不會忘記最初。

最初，是意外發生之時。在我莫名哭泣的時候品琴對我講述：

自從爺爺過世，品琴家裡剩下五名親人，他們住在台灣南部的山區，豢養一片偌大的香蕉田，每天早上天未亮，他們到田裡整理園林，一直要忙到金黃的夕陽灑遍田內，天空轉為紫色，又轉為紅色，血一般的紅，他們在這樣的紅色薄暮中，砍倒香蕉樹塊莖上方的偽莖。香蕉樹其實不是樹，彷彿樹幹的偽莖一砍就倒，他們砍倒不再結果的老莖，是為了讓新的植株順利長成。儘管那時，年幼的品琴還無法獨力砍倒一棵香蕉樹，可是她喜歡在暮色中凝視香蕉樹被切割時流出的汁液。品琴曾經試著用一把小刀在香蕉樹幹上刻下自己的名字，不小心弄傷了自己，從此爸爸和哥哥就不再讓她碰刀子。

品琴和她的家人住在園內的三合院裡，屋子老舊，只有一間浴室兼廁所，冷熱水難以拿捏，稍不注意便會燙傷或過冷。無論從哪個房間出去，品琴篤信佛教的爺爺都鄭重地告知過，絕對不能踏上三合院中間的空地，因此他們總是從後門離開家去工作，或沿著走廊避開空地就像避開不潔之所，許多年過去，那片空地也真的像是一片荒蕪的墓區，瘋長砂礫與塵埃。

自從爺爺過世，他們兀自建立的山中世界先是被銳利的哀傷衝擊，而品琴有張菩薩臉龐的母親，在前往山下採買生活用品時無意間接觸了一宗教團體，他們對沉浸於傷痛的家庭投以無比的關愛與深情，品琴家的三合院始向外界開展，這些溫柔的陌生人總是身著印有他們團體徽章的白色棉質上衣，順從品琴家人的指示徐徐繞過空地，他們敲響神祕的法器，錚錚然的樂聲中懇請品琴家人同他們吟唱懺悔詩歌，替爺爺的離世告解，並且詠誦遲去的歉意。

當時年僅十歲的品琴，在一片來回湧動的蒼茫之間，額抵門邊，光腳站在覆滿蜘蛛網的門檻上，吸吮她被樹脂染黃的左手大拇指，右手則捏緊一朵枯萎的百合花，她的眼淚自從爺爺過世後再沒停過，她無時無刻的哭泣使她無時無刻地乾渴，她吸吮自己的拇指，以此刺激唾液分泌。那個時候，品琴還浸淫在對爺爺的記憶，那朵枯萎的百合花，是爺爺最珍愛的球根歷經多年長出來的，那麼不容易，品琴在一片湧動的蒼白間，回味爺爺第一次帶她去看百合花，她知道花的名貴與來之不易，可她依舊在爺爺不注意時將它採擷，就為了當時來家中作客的大人們不肯隨她去看花的不甘，她乾脆採下花捧給那些成年人看，只是那些大人紛紛豎起食指數落她，對她保證爺爺將至的震怒——但是爺爺沒有，爺爺笑著朝她合起手掌。

「小朋友，你不懺悔嗎？」一名白衣人慈藹地問候，打斷了品琴的思緒。

「為什麼要懺悔？」她抬頭，睜著圓眼珠回問。

「懺悔是人生唯一的真理，經由懺悔我們得知、我們原諒。」

「原諒什麼？」

「原諒所有你犯下的錯，意即原諒你自己，也原諒你的敵人。」

品琴聽不懂敵人一詞，是以她轉頭走開了。

後來的幾年，品琴的家人們感念那些白衣人的幫忙，使他們逐漸走出傷痛，遂信了他們的教、參與他們的團體活動，也依著他們的儀式將爺爺的骨灰灑滿寂寥的院落，白色的骨灰一下子隨風飄飛，有些進了眼裡，讓人流淚；有些進了鼻裡，使人噴嚏；有些進了嘴裡，品琴喜歡在白色的風中張開嘴，捲動舌頭品嘗粉粒，感到神奇的、難言的滿足。

品琴說，幼時即便對這宗教的教義——懺悔，仍不理解也不認同，但她總和家人一起學會了最簡單的懺悔詩歌，每天，他們都要在入夜前對著猩紅的黃昏吟唱詩歌，品琴並不喜歡那些透過白衣人之口唱頌的單調旋律與歌詞，但有那麼一次在單調的旋律與歌詞裡，她竟出神離世，恍惚間看到了祥和的藍天白雲，在幻象中她自由自在地飛升，品琴長久的哭泣霎時停止，使她打了幾個嗝，但她的領悟是非比尋常的，她忽然想這是否就是人死後的世界，在一片祥和的藍天白雲中，同親愛的人們吟唱永恆的詩歌？如是這般，品琴將不再為爺爺感到悲傷。

我將冰敷袋按上品琴的臉頰時，她瑟縮了一下，因此打斷綿長的敘述，醫生來過了，講述X光和斷層掃描均無問題，但因為是頭先著地，應暫時住院，以觀察是否有腦震盪的狀況。現下我仍不甚明白江品琴是怎樣的人，她的聲音透過紗布顯得曖昧隱晦，但她持續不斷的誠懇敘事，終究使我放心，品琴的指甲也仍然陷在我的皮膚裡，已然成為了我身上的一部分。

品琴還想說話，她說想吸拇指。

「別吸拇指啦，要不要喝水？」我笑著，將剛買的礦泉水倒入小湯匙中，小心翼翼地送進品琴腫大的唇間。

品琴喝了幾口，問我會不會離開？我說我不會。她又問我會一直待在這裡嗎？我衡量明天的課表、後天的課表以及大後天的課表，點點頭許諾道：「會。」我對品琴的好意，似乎令她也安放下心，她的聲音如此地與哽咽似同，在每一個字句，無非都是跌跌撞撞滿布瘢疤。唯她無視我的勸阻試圖講述時，才逐一地連貫每個尾音。

三個月前她才了卻最後一樁心願，品琴模糊地說道，她其實不想造成我的困擾，可是因為我暫且不見她的真貌，她也暫且地口齒不清，在這渾然天成的朦朧裡，她要對我告解，希望我能認真去聽，假如我什麼都沒聽懂，也無所謂……三個月前，她殺了一個人。

「一個男人。」品琴說，她在一艘廢棄郵輪上將被害人雙手反綁，讓他跪在地面，品琴熟練地站在男人身後，用香蕉刀沿著頸幹細細割一圈。

品琴是如何避開碼頭工人與男人進入廢棄郵輪，將男人綑綁在椅子上、又是如何把現場布置成強盜殺人、如何不留下絲毫痕跡……凡此種種，她完全沒有說明。

她只是描述那天搭火車回南部時看著天空從濃重的金黃轉為深紫，再從深紫轉為血紅，她默唱那首懺悔詩歌，想念美麗的藍天白雲。

時間不會治癒傷痛，只會讓人變得遲鈍，品琴的時間凝滯在她所有哭泣的日子。時間讓她嫻熟，但未曾眷顧她的傷痕，那樣的奇蹟甚至體現在她的樣貌，她的矮小、她稚嫩的口音、她靦腆的微笑，品琴說完這些時，我又憶起她從分隔島踏入馬路的剎那，就像個迷路的孩子。

品琴累了，要求我撫摸她的頭髮哄她入睡，我摩挲她的短髮，聽她鼻息漸次穩定，不願離去，儘管我也累了。抬頭望她的床號：7.5，冰敷袋融化出的水流過整面椅子，隨著一定的節奏落到地面，醫院冰冷，無論何時都伴著空調，可是並不安靜，各種手機鈴聲總是間歇性打斷傷患的淺眠，品琴的臉愈來愈腫，令人不忍卒睹。從她自分隔島走下的時刻，至今關於她的身分我交給想像力來處理，品琴或許真如她所說的是個殺人凶手，她當下的倦容，卻只讓我發現她有多久沒有好好睡過，她的手仍抓著我，緊緊地。

我的胃抽痛了，提醒飢餓，方想起為品琴採買生活用品，卻忘記自己尚未進食，我小心撫平她的手，在那柔軟的掌心放入紙條，說明我的去向，然後我離開了，在學校附近隨便用過晚餐，旋即到學校圖書館的期刊室尋找資料。時間已晚，圖書館九點關門，我迅速地翻找三個月前的社會版新聞，如願看到這些日子以來唯一一件發生在廢棄郵輪的命案，然而這則新聞，卻又不僅僅是懸而未決的案件那麼簡單。

今年五月，北市新碼頭一艘廢棄郵輪冬嶼號內傳出一名男性遭割喉死亡，死者為未立案新興宗教團體「懺悔神雲會教」領導人周玉斌會長，警方與鑑識人員到場發現眾多身著白衣的懺悔教信眾圍繞屍體，吟唱教歌並手舞足蹈。

現場周玉斌明顯氣絕身亡，頸部遭利器割劃一圈，研判已死亡三天以上，但屍體上並未有任何血漬與屍水，警方懷疑，屍體被教眾發現後未第一時間報警，而是進行懺悔教亡故儀式，並有專人清理大量血漬與屍水。

由於此事件為匿名通報，警方將於檢察官驗屍後深入偵辦，並提請相關人員到案說明。

這則新聞之所以如此吸引我，完全是由於之後整整一個月的空白間，根本沒有相關的後續發展，最早的新聞資訊也嚴重不足，「懺悔神雲會教」是什麼？地點又怎麼是在廢棄郵輪上？對於我所研習的傳播學而言，觀察新聞走向早已成了習慣，我不單純潛心於理論，而是媒體的承載下祕而不宣的隱蔽刻意，反使我如同嗅到腐肉的鬣狗，領悟那些沒有寫出來的反而是真正重要的。我悄悄撕下那則新聞，急切地趕回江品琴身邊。

對於品琴我懷抱的是更多的好奇心，而非揭示祕密的殘酷得意，然這兩者又有什麼不同呢？我是一名平凡、野心勃勃的大學生，主修傳播，即將畢業，在學期間一事無成，只因我相信自己的天才所以滿不在乎地懶散。卻有無可比擬的好奇心，好奇是殘酷的，一如群眾透過電視機觀測新聞主角，無論受害者或加害者，他們都是觀眾的下酒菜。

品琴的眼睛微微張開，她醒了，也許在我鬆開她手的那刻便醒了，只是臉愈發的腫脹使我不能察覺。

「你還好嗎？哪裡痛？」我輕聲問，她搖搖頭。

品琴說不想睡了，她想繼續自己的故事。

她發現了我殘酷的好奇嗎？或者只是想留住我不再離開？她瘦弱的手在床單

上孤零零的，我展開右掌將其包覆，給予溫暖，左手則悄悄按下錄音筆的開關。

從小品琴最害怕的東西，是夜晚不見五指的黑暗，她一直和奶奶睡，一方面由於奶奶心臟不好，若能有個人隨侍在側，會比較安全，二方面則是只有奶奶會向她講述香蕉田的故事：黑夜裡的香蕉接近熟成時一串串大放光亮，抵禦孤鬼，他們這位於香蕉樹中央的三合院受到絕對的保護，品琴總是不厭其煩地要求奶奶隻字未改的故事，香蕉如何從青綠轉為金黃，金黃再轉為深紫，深紫再轉為火焰的赤紅，蕉皮轉薄、轉脆，焦裂地蜷曲綻放，銀白果肉吐露足以抵達月球的盛光，這是地球黃昏的祕訣，與夕照無關，也與轉動的地面無關，香蕉樹到了早晨收盡輝芒，膨脹的子房急劇縮小，小成了雄花。

「被光刺傷的孤鬼，其實最是可憐。」奶奶粗糙的手指爬梳品琴的髮流。

品琴吸吮拇指問：「為什麼？」

「因為我們死後都會做孤鬼，所以為什麼要怕孤鬼？鬼想來找我們，是因為想念我們。」

那藍天白雲呢？品琴好想問，爺爺不是在藍天白雲裡唱懺悔歌嗎？難道今夜他也被香蕉的光刺傷了嗎？

「阿嬤也會變鬼嗎？」品琴問。

「會呀。」

品琴內心一陣突如其來的恐懼，陡然凌駕了對黑暗的恐懼，她又哭了，不想給奶奶看到，她發現這才是自己最害怕的事。品琴轉過頭，偷偷挖鼻屎吃。

吟唱懺悔歌時驚鴻一瞥的藍天白雲，終歸是品琴內在的短暫感應，是只屬於她自己的神蹟，不是那些白衣人的真實教義，白衣人的宗教是懺悔教，他們的神是懺悔神，懺悔神讓每個死去的靈魂成為鬼，為了自己生前各種疏於懺悔的時刻贖罪（這是值得探討的問題核心，畢竟誰活著只為了懺悔？我思索並寫下筆記）。

哭泣的品琴聽見奶奶溫柔地說：要是害怕了就唱歌吧。奶奶的懺悔歌聽在品琴耳裡不同那些白衣人傳唱的平淡無情，可是品琴長大以後也忘了奶奶的歌聲，時間令她遲鈍，奶奶那時說長大以後會有比黑暗更可怕的東西，而小小的品琴對於未來即將面對的痛苦，仍一無所知。

回到原點，事情是這樣發生。

爺爺過世滿一年後的除夕夜，據說是四十年來少見的寒流來襲，品琴和家人參加完懺悔教的團體年夜飯後回到家，各自梳洗，準備上床休息，彼時奶奶仍以手指梳理品琴的秀髮哄她安眠，品琴眼前時暗時明，奶奶慈祥的面容也隨睫毛掩掩映映，不多時品琴便昏昏入睡，過了一會，奶奶張開眼睛，朝品琴吐舌頭扮鬼臉。

「阿嬤，你要去哪裡？」

「去做鬼。」奶奶以老年人不可能辦到的迅疾動作翻身而起，跳下床，踮著腳尖，一溜煙竄出房門，品琴聽見香蕉葉拍打窗戶的聲音，而窗外燈火通明。品琴叫著：「阿嬤！不要被刺傷！」

品琴醒了，母親正用力地搖晃她肩膀，阿嬤仍睡在身邊，只是呼吸愈來愈緩。好多好多的白衣人圍在床邊，品琴家人個個臉色茫然。

「阿母，阿嬤怎麼了？」品琴問，而她的父親、哥哥、母親，只是一語不發、手足無措地任由那些白衣人擺弄奶奶。

「現在要怎麼辦？」父親語調不穩地問：「叫救護車嗎？」

「對，只是失去意識，送醫院去應該還有救。」哥哥也大夢初醒般提議。

「不！不要送醫院！我們不要急救，現在應該懺悔。」白衣人之中傳出各種雜亂的嗡嗡細語：「急救是很痛苦的，氣切或插管有多痛，你們知道嗎？你們希望老人家受這種痛苦嗎？來，我們來唱懺悔詩歌，現在是最重要的時候，我們大家輪流唱，等會長來，再排班唱，我們陪她唱歌，她就會到天上的樂園去，不會做鬼，現在最重要的就是提醒她唱懺悔歌，她現在雖然昏迷，其實神志還聽得到，來，我們唱歌。」

品琴懵懵懂懂地在白衣人們的指示下，和父親、母親、哥哥圍著奶奶，手舞足蹈地邊跳邊唱，那幅景象品琴至今依舊記得，他們全家人眼神空洞地歌唱跳舞，在離奶奶遠些時，她忍不住想笑出來，離奶奶近些時，品琴無法不去觀察到奶奶的呼吸正在停止，她悲痛欲絕，可就像被下了蠱一樣無法逃出這個歌舞的圓圈。

「妳認為是他們害死了妳的奶奶嗎？」我不由得問道。

只見品琴瘀黑的眼皮下淌出幾串淚水，卻未置一詞。

在品琴家人均如目盲，無法分辨每個白衣人時，年輕的品琴可以，她留意到當時發話的白衣人從始至終都只有一名，她就是負責臨終懺悔儀隊的朱鳳隊長，是她阻止了品琴家人叫救護車，也是她抵擋一切優柔寡斷的聲浪，讓他們繞床共舞。

品琴嘆氣了，她的嘆息猶如抽噎，然後她又由於藥物的作用即將陷入昏睡，在我眼前，她先是頻繁地眨眼，隨後閉上、睜開、再閉上，不再打開，陷入夢中。我認為自己得到品琴默認，從病床下拎起她的背包，打開來翻找。

除了一些骯髒的衣褲外，我在暗袋中找到一小包可疑的白色粉末、一把鏽跡斑斑的香蕉刀、一些新聞剪報、一張五個月前的發票、一台小型收錄音機，搜到底時我摸到一方形硬物，拿出來看，是鑲框的品琴全家福，這使我對於角色有更清晰的想像。

回租屋處時，地下道的陰暗使我聯想到中空的白色骨頭，兩面蔓生的壁癌於白熾燈管的明滅不定中顯得可怕，我想起品琴最初對我無言的安撫：真正的悲劇總是帶點可笑的成分……這是生命的荒唐嗎？

我想：荒謬的不是生命本身，而是陷溺其中的人們。

再看見品琴，她的臉略微消腫了，醫生說她可以出院回家，可是品琴沒有家，我為求方便，更擔心品琴會對我要求鉅額賠償，我表現出善意詢問她是否願意暫時住在我租下的公寓裡，讓我來照顧她。品琴看著我的眼睛許久，才點了點頭。我將她安置在租屋處的浴室裡，她睡在浴缸中的樣子使我想起一部電影裡美麗的人魚，畫家將生病的人魚從下水道裡帶回家，養在浴缸，用人魚皮膚上日漸腐爛的腫脹膿包所流出的七彩體液，畫下人魚日復一日不堪的樣貌，從最初的豔麗到最終慘不忍睹的醜陋，正逐漸康復的品琴是否也將演繹人魚的結局？我只知道自己無可奈何地浸淫於品琴的故事裡。

品琴受創的頭靠在浴缸邊緣說，她的父親在她十五歲時離家出走。爺爺、奶奶的接連過世，在懺悔教同伴的協助下不僅將後者的告別式簡單而隆重地舉行了，品琴也開始入教中學習，每天黃昏詠唱懺悔詩歌為爺爺奶奶祈禱，父親與母親、哥哥繼續養護香蕉園。

或許是接連兩年痛失雙親，品琴的父親往後變得寡言、脾氣暴躁，甚至染上賭博的惡習。母親拉著父親在爺爺奶奶的牌位前哭喊著要他改，懺悔教的教眾亦上前來勸，但父親硬是不吭一聲，他目眶瞪裂，向著一干教眾破口痛罵：「就是你們害死了她！是你們害死了她！」品琴不知父親意指為何，可是眼見母親垂下頭默默淌淚，哥哥握緊雙拳頭側一邊，而經常出入家中的朱鳳隊長紅了一雙細長美麗的眼睛。

她領那些人到父親面前跪下，無聲致歉，並各自脫去白色帽衣，令品琴驚訝的是，平日光彩耀眼的教友們脫除了白制服後，顯露的不過一些庸俗面孔，平平凡凡的伯母和阿姨，有些還是奶奶的年紀。

清一色的女性容貌，使父親收了淚，不願與她們一番見識，心結卻未解，一日裡，品琴在午後獨睡，忽見父親身著農事的粗衣裳、硬短褲，蓬頭垢面地坐在她床邊，髮上、臉面全染泥巴，他一說話嘴裡便噴出乾巴巴的砂塵，太陽下曬過的黃泥土，又輕又細，裊裊往半空飄去。

父親說：「品琴啊……阿爸對妳不好，先走了，這家容不下我。」

品琴按著父親的手，噎噎啼哭：「阿爸去哪裡？阿爸不要走……」

「阿爸……阿爸要還債，還了債，才有錢給品琴買奶粉。」

好似還當品琴只有嬰兒般大，滿頭黃土的父親站了起來，全身簌簌落下乾去的泥巴，他一步一步，似是萬分的艱難，走向品琴門邊，回頭看了眼，彼時，分明下午的時刻，卻滿屋陰暗，伸手不見五指，父親的輪廓隱隱，他摸向門把的手焦紅焦紅，爛出了骨頭，握住門把，一打開，品琴原以為外頭應是亮的，卻同樣暗，只有更暗，父親的身影隱沒進那暗裡，最後一次回頭，陡然咧嘴瞪眼，露出悽慘的笑。

品琴哭了睡去，又醒時，已經是隔日的早晨。母親來屋子裡喚醒她，東摸西看，神情迷惑而著急。

「阿母，發生什麼事了？」品琴問。

「你阿爸今日一早便不見蹤影，我都去園裡了，還不見他人。」

「阿爸不是昨晚走了？」

「走了？」母親神色更見茫然，她起初不信，卻在品琴枕頭邊摸到一封信，上頭寫好離家原因，竟是欠人債，非得下山跑路不可。

品琴母親看來更加慌張，只自言自語：「那若有人來要錢怎辦？」

品琴搖搖頭，十分天真地說：「不會的，阿爸說他走是去還債的，他走了就好了。」

母親嘴裡唸著品琴不懂的辭彙，斷斷續續，逐漸化為低沉的嗚咽，品琴不掉一滴眼淚，父親的離去與爺爺奶奶不同，她又不明白哪裡不同，許是父親說要離開，是有原因有目的地的，父親仍與她在同一片天空底下，這樣便很好很好。

母親仍慟哭三日，哥哥勸不停，粗糙大手抹過爬滿汗斑的臉面，拉著已是少女的品琴到門內：「園子裡香蕉還要人採收，阿母的事全託妳了，好嗎？」品琴點著頭，朝哥哥笑一笑，仰頭突見哥哥汗流如雨，渾身溼透，哥哥又用手抹了把臉，一瞬間汗竟不是汗，說不清是什麼，只冰冰涼涼地淌了滿臉。

「我們家怎麼變成這樣？」哥哥猛然緊緊地抱住了品琴。起先她驚恐地掙扎，不久哥哥暖熱的體溫混雜一股風乾的汗味漸漸麻痺她的精神，她雙腿顫抖，腹部微縮，滾燙的液體沿著大腿內側滑下來，不知怎麼回事，品琴在哥哥懷裡覺得他倆是一體的，哥哥臉上的水流到她眼睛裡，也流入她愣啟的唇口，流在她胸腹、腿間，流著，由於沒有結束也沒有開始的絕望，他們久久地抱著彼此不放。

哥哥走了以後，品琴到房間裡脫去褲子，發現自己來了初經，她草草清理掉，回去照顧母親，一會兒懺悔教的信眾們簇擁初次來到的會長上門，她既不憎恨，也無喜悅，像個一般的孩子那樣給他們開了門。

「懺悔是人類最美好的本質，」會長說：「而且這種本質每個人都能在心中找到，無論是遊民、殺手、強盜、惡徒，他們一生中總有後悔的時候，但品琴，我們不要他們後悔，我們應當引領他們懺悔，那才是真實的永恆。」

品琴的母親跪在爺爺奶奶的牌位前，不住前後搖動地哭泣，終被教友們勸起來，還喝了些米粥……

「今天就這樣吧。」我打斷了品琴：「明天妳要回診，先好好休息。」

品琴看著我，乖巧地點點頭，她很快就能正常地說話、顯現自己正常的樣貌。

品琴睡去後，我拖著她的背包到浴室外，再度無意識地打開，試圖拼湊更多攸關她的線索，然除了之前找到的幾樣東西以外，沒有其他收穫。我的手思索地從包中撿起那袋可疑白粉，只是在那瞬間，品琴從我手裡搶過那包粉末，緊握懷中，彷彿我做了糟糕的惡事，她什麼時候出來的？我震驚地望著她，但突然間她笑得多燦爛啊！過了會，我才醒悟到品琴並不是在笑，而是在哭，她被紗布層層包裹的頭無聲地仰起，淚流爬過她露出紗網的顫抖雙唇，我拉住了她的手，但不知如何是好，那包白粉掉落在地，我替她撿起來，遞給她，她也反拉我的手，像早先指甲陷在肉裡那樣，緊緊地。

「對不起。」我脫口而出：「我不應該亂動妳的私人物品，我只是好奇……我太想知道真相了，對不起。」

她哭得更厲害了，頭猛力地搖，我靜默一會，然後才說：「我以後不會再試圖刺探妳的隱私，但是我真的很想知道妳的故事，妳可以再跟我說一些嗎？這是最後一次了，拜託妳。」

經過長長的寂靜，在我以為品琴已經不願意再相信我的時候，她哽咽地訴說起來，語調中莫名有種決絕的意味，因此我不阻止她，只是帶她回座位休息，以便好好講話。

父親走後，品琴家中單靠哥哥、母親，無法打理偌大一片香蕉園，便暫時將園子租與他人，一家三口靠懺悔教的信眾教友牽線，準備到中部大城市安居。

離去當日，他們站立於早已荒涼的三合院前，凝視良久，品琴突然問：「阿母，為什麼不能去那空地上？」

「那地又不是咱們的，怎能亂動？」母親臉上淚痕猶存，抹拭不去，只是胡亂一團。

品琴母親只說，他們一家都是老實人，三十年前爺爺為了蓋那三合院向當地一名地主買地，照人家說的一塊一塊買，買到最後錢付乾淨了，卻仍有一塊尚未過戶，拖了陣子，爺爺請人去問，地主要求再加錢才肯過戶，爺爺憤怒至極，認為已經付清，為何還要更多？人心貪婪，索性不買，房子便蓋起來，獨留中間一塊空地，要求後人不得使用、不得建築、不得踩踏。

「爺爺雖是老實人，但可不能欺負，他懂的事情之多，城府之深，簡直就是頭老狐狸。」母親說著，忽地笑了，原來那房子給人看過，說建築執照合法，剩餘那塊地買不買沒有差別，卻是仍留著那小塊地的對方，每年須付大筆稅金，爺爺過世後父親也曾與他們商量要買地，由於對方想得連著三十年的稅金一起賣，開價千萬，務農的他們如何付得起？品琴父親下山找了一名法律代書詢問，得知不買無妨後，買地之事才作罷。

「現在有沒有這塊地，早已經沒關係了。」母親不無感慨地說，他們彼此攙扶，一路下到平地。

大城市裡，哥哥打零工、母親替人幫傭，品琴好好上學，在他們住屋附近，巧有懺悔教一處分部，母親閒時攜品琴到分部修習，整日詠唱詩歌，只有哥哥不曾到過分部，而品琴眼中他愈來愈近似父親樣貌，使事實不言自明，哥哥一聽到懺悔二字便蹙緊眉宇，一見身披白衣的教友便捏緊拳頭，對他來說，懺悔還不如努力有用。

「我要努力這輩子，他們卻在努力沒有下輩子，品琴，哥哥書讀不多，這點道理卻是懂的，書讀得多些，也會逐漸明白，阿母得託妳拉著，別使她走火入魔。」哥哥如此叮囑，那時的品琴唯有應諾，她確實不喜歡教裡的某些活動，但也唯有在唱懺悔歌時，她能夠心無旁騖、全神貫注思念親人，那些早已遺忘的、離去的、仍在的以及不在的，有時為父親祈求好運，早日歸來，有時又替爺爺奶奶傳送祝福。品琴覺得有信仰是件很好的事情。

時光荏苒，品琴考上了外地的大學，到北部念書，哥哥留在中部照料母親。在學校，品琴書念得不錯，漸明瞭哥哥的話，明瞭盲從為何、濫信為何，但真正的信仰是禁得起考驗的，品琴不再經常前往懺悔教分部，可仍每日念頌懺悔詩歌，喜歡閉著眼，在懺悔後傾聽深沉的寂靜。

「園子裡不知怎了。」母親的聲音陡然道。

品琴睜開眼，四下張望，發現書桌上雜亂一通的書本、文具消弭無蹤，擺上幾個盤子，最大的盤子盛放有母親的頭顱，很乾淨、純真地望著品琴，也不見血，其餘幾個盤子分別放置母親的手、腳……等等不知所謂的肢體，一樣擺得潔淨、漂亮，品琴想起母親擺盤最求細緻，鬼使神差地，品琴又替那些盤子挪了挪位子。

「阿母，妳痛不痛？」品琴問，盤子挪得怎麼就不好看，她漸漸慌起來，盤子愈亂，她手一顫，盤子翻轉入半空，品琴一下子驚醒過來，急喘連連。

她立即打電話給母親，手機響了幾聲，哥哥接的，說母親很好，每天固定去分部懺悔，作息安穩，要品琴不必擔心。

「我週末還是回去一趟，反正沒事。」

品琴訂了火車票，星期五晚上到車站，由於來得早了，她剛走到一處空位上坐下來等，手機便響起來，她按下通話鍵，竟是懺悔教的朱鳳隊長。

「怎麼回事？我阿母呢？」

「她……唉……」

「妳為什麼嘆氣？發生什麼事了？」

「品琴啊，妳先不要擔心，是妳阿母給車子撞了，頭著地，但檢查都還好，目前睡著。」

「頭著地怎麼會還好？」品琴呼吸一窒，安靜一會才說：「妳是不是在騙我？阿母真的好嗎？」

「妳等等，我找你大哥來。」

電話經過一陣轉手，品琴頭暈起來，緊接著哥哥便悄悄附在耳邊道：「沒事，小妹，阿母有我照顧，妳到了再打來。」

品琴掛掉電話，愣了幾分鐘，看看手機屏幕，忽然不知道該走向哪裡，她眼見不遠處有一間精品店，便直走進去，逛著看著，有個微笑的香蕉先生吊飾，品琴拿起來把玩，想一想，紅了眼眶，她忽然渴望摔碎這間店裡所有的東西，她在陳列架間繞來繞去，愈繞愈急，她受不了這間店的氣氛，卻又離不開，就像那場在奶奶床前跳不完的舞，她稍稍想像自己此時此刻手舞足蹈的樣子，竟噗哧笑了出來，一笑又感到愧疚，然後更加緊張，這時她才能離開這間店，到月台上等火車。

她在火車上又看見了熟悉的黃昏，先是遍地金黃，接著開始流血，染上創口，創口的邊緣焦黑發紫，漸漸腐爛，一日的死亡盛大無比，一日的屍體流於歷史，人人卻都要孤身一人破開未來。

品琴在車上睡著，醒時，發覺自己坐過了站，她搭下一班車回去已是晚上九點多，哥哥騎車來接。品琴一上車便抱住哥哥的腰問：「阿母好嗎？」

「還好、還好。」哥哥又在擦臉上的汗，品琴拍拍哥哥的腰，讓他緊繃的肌肉放鬆一些。

「檢查不都沒事？哥哥別緊張。」

「妳又什麼都還不知道，卻擔心我。」哥哥仍繃著一張臉。夜色連連撞入鵝黃街燈，品琴倏地張開雙臂，上下揮動，扭動的影子斜斜飛過柏油馬路，哥哥笑了：「妳在幹什麼啊？」

「學飛呀。」品琴說。

夜晚車子不多，他們很快到了醫院，病房是開放的，品琴卻能一眼認出身著白衣的懺悔教教眾們，以及那名經常出入家中的朱鳳阿姨，他們團團圍住一張病床，品琴擠不進，只能和哥哥在一旁觀看。

那是她的母親，她卻得站得遠遠地。

過了一會，會長來了，教眾們這才讓出一個缺口，此時每個人都拱手向會長問候，會長也一一回禮，也在此時品琴方看見母親的樣貌，她的頭被層層白紗包裹，有些殷紅滲血，會長撫摸母親的頭，低聲說些什麼，母親便想極力點頭應諾，朱鳳向兄妹倆走來，勸慰道：「一聽說你們阿母車禍，好些教眾遠從台北下來，就為了陪她念誦懺悔詩歌，會長且說一切都好，你們看，現在正在服藥呢！」

會長確實不知從何處取出一丸黑色丹藥，囑咐那些不相干的人士替品琴母親先用硬湯匙壓碎藥丸，和水服下，可那顆藥丸偏不聽話，一個人壓了說藥丸硬，壓不碎，換另一個人，藥丸又彈跳起來落到地上，其他人紛紛趴到地上去找，好不容易找回藥丸，繼續將其壓碎，又彈跳、又壓碎，如此周而復始，品琴與哥哥便冷眼旁觀，甚至感到可笑。哥哥說：「醫生如果看到鐵定罵人。」品琴一聽，真的忍無可忍地噴了口氣，無數對白罩下的眼睛盯著他們，反使他們更貼近地站在一起。

母親留院觀察到晚上十點，教眾們在此之前紛紛散去，品琴與哥哥一人一側攙扶母親坐計程車回家，一路上，母親一直說要到車禍現場拿鳳梨酥。

「什麼鳳梨酥？」品琴問：「現在很晚了，明天再讓哥哥拿好嗎？」

「可是要冰冰箱才行……」母親執拗地堅持，腫脹的嘴唇胡亂道：「今天下午去和朱鳳拿這鳳梨酥，想說妳回來給你吃，不然我也不會經過那路口。」

品琴哽咽了一下，一會後才說：「我又不喜歡鳳梨酥。」

「這不一樣，是我們老家的土鳳梨……」母親說，他們很久沒回園子看看了，等她好了，一定要找個時間回去。

計程車行過母親車禍的地點，哥哥下車巡視，並對品琴解釋道：「阿母下午騎機車經過這邊，遇到紅綠燈停下來，後面車子卻要硬闖，就撞倒阿母。」

「肇事者有來嗎？」

哥哥搖頭：「一通電話也沒有。」

他們取了鳳梨酥回車上，母親見盒子完好，不無喜悅地說：「品琴啊，妳有口福，這鳳梨酥完全好好。」

「我最討厭鳳梨酥了。」品琴只說：「以後再也不要吃鳳梨酥。」

受傷的母親興許有些意識不明，她的神情一如品琴夢裡帶著單純的迷惑，還像個孩子似的抵賴，硬是從盒中拿出一個鳳梨酥遞與品琴：「其實教友們人都很好，你們不在，有許多人陪伴我、助我懺悔哩！」

「妳又不是要死了！懺悔什麼？」哥哥在前座猛然怒吼，司機險些嚇到，方向盤立即打滑，品琴將頭轉向窗外，母親亦瑟瑟發顫。

「人家也只是好意……」母親懼得打抖不停：「你不用這般大聲……」

他們到家後，母親嘟囔著頭疼，逕自上床睡去，品琴與哥哥協調守夜，品琴說自己車上睡過了，讓哥哥先睡，其實她也是睡不著，一下子發生這麼大的事，她沒有睡意，想到母親愛乾淨，便拿起掃把將地掃過，又把廚房的碗盤洗了，還有母親車禍時拿的手提包，品琴從裡頭撿出一副油汙的環保筷，乍見其外殼，上面全是血，品琴眼中迸出淚來，又唯恐母親好些後看到這副筷子，一定更受驚嚇，立即把外殼也洗淨。全部完事，品琴坐在椅子上，靜靜聆聽母親的呼吸聲，專注而謹慎地審視每一絲鼻息，然若可以，她更想就候在母親身邊等待天明，可是又怕吵醒母親。

天剛亮，母親便醒來了，她坐在品琴身旁，笑吟吟地說：「不知道園子怎麼樣了？」

品琴正在洗筷子，忙得頭也沒抬：「等阿母好了，我們一起去看。」

母親盯著品琴好一會，說：「品琴啊，妳曉得洗碗筷要是晚了，可得小聲些嗎？」

品琴這才抬頭，看看她，有些好奇地問：「不知道，為什麼？」

「做鬼吃不到飯菜，聽到聲音會難過，這是一種慈悲心。」

「都已經是鬼了哪還需要吃東西啊。」品琴回嘴。母親又好脾氣地不說話了，只靜靜地看品琴動作，嘴角帶笑。

「品琴，妳知道是小孩子自己決定投胎到母親肚裡的嗎？」

「什麼意思？」

「之前會長給我們講課，他說不是我們做父母的主動把小孩子生下來，而是小孩子還是靈魂的時候，自己選擇要進入哪個媽媽的肚子裡，降生入世以後，這個母親無論再怎麼糟糕，都是孩子選的哩，多不可思議……所以啊，品琴，妳怎麼會想來當我的孩子呢？」

品琴並未作答，她對母親的話感到好笑，暗想那麼被遺棄的孩子、遭家暴的孩子，難道也是他們自己選的嗎？過了好一會兒，品琴感到沉默的奇怪，只得轉移話題：「阿母被車撞時，心裡想些什麼？」

「想什麼？我有懺悔神幫助、詩歌護持，被撞上那刻，我心裡懺悔，就暈過去了，也不疼痛，醒時人趴在地上，想……」

「想？」

母親一笑：「就想下午三點的柏油馬路，好燙。」

品琴原本覺得並不好笑，但母親把這件事當笑話來講，使品琴忍不住大笑出聲，笑得前俯後仰，渾身顫抖，然後她便笑著醒過來了。

哥哥正抱著昏迷的母親站在房門口，品琴的笑容驟然扭曲，從地鋪上爬起來，和哥哥一同送母親到醫院。

醫生說是出血，不過一個鐘頭便走了，不是他們來得晚，是母親狀況太嚴重。品琴起初還不相信，就像當時在火車站逛著那間精品店，她寧願自己仍在那兒繞著轉著。

品琴和哥哥很長一段時間依偎著彼此，不知該做什麼也不知如何處理母親，直到懺悔教分部的朱鳳隊長悄悄替他們解決繁雜瑣事，告別式也由眾教友共同幫忙，無數白衣人進出家中，品琴雖感脆弱卻也安全，只是哥哥依舊固執，不願與他們多做交談，家祭結束後品琴獨自向朱鳳隊長道謝，她拉著品琴到無人的房間裡，說有事要和她談談。

「那個肇事的人……你們打算怎麼辦？」

「哥哥沒說什麼，我也沒有想法。」

朱鳳嘆息：「人家也可憐，也不是故意的，品琴，妳媽一直對懺悔有很深的信仰，如果是她，肯定會選擇原諒。」

品琴愣愣地看著朱鳳眼角的皺紋，問：「那我怎和哥說？」

「就說能告的不告，能拿的不拿，原諒他，妳也希望哥哥哪天犯了錯，也能有人原諒他吧？我們絕不做那趁火打劫的事情，我們應當分文不取！」

品琴點點頭，朱鳳隊長的話聽上去是對的，反正再多的錢也無法讓母親回來，思及此，品琴突然領悟：母親已經不在了。

其實很多人都已經不在了。

爺爺、奶奶、父親、母親，他們一個接一個離開。她再也不能得到溫暖的擁抱，柔軟的聲音，哪管什麼藍天白雲、一起念唱懺悔詩歌，不在了就是不在了。

後來品琴聽哥哥說起，母親剛送到醫院便以肇事者的名字捐了一筆錢給懺悔教，整整五十萬。

消往昔業障、消諸多惡緣……

「我知道你想要我的故事。」說完這一切，品琴告訴我：「可是假如我就只能說到這裡，你還願意繼續待在我身邊嗎？」

「我願意。」毫不猶豫地，我回答。

隔天我帶品琴到醫院給醫生換藥，她的臉已經完全消腫了，那張褪去紗布、藥物的臉，看起來就和我記憶中的停止畫面相同，在那畫面裡，品琴的臉便是這樣天真而迷惑地望著我未見的所在，仍有些傷口與淤痕，此時她卻能直直盯著我看，就像第一次見到似的。

然後，我便帶她回家。

品琴講述了母親的故事，我和她約定不再追問結局，儘管一個沒有結局的故事是如此的令人不安。品琴在自己敘述的故事就像詞句裡的幽靈，她彷彿什麼都說了，卻只是更模糊自身存在。她不吵不鬧，我曾去訪問過被遺棄的小孩子就像她這樣，在警察局裡安靜地等待，也許是等待一通永遠不會打來的家人電話，也許是讓自己乖巧以免又被丟掉，日復一日，我卻仍止不住販賣品琴故事的想法，我曾說過，自己不是什麼好人，冬季來臨，從日漸冰寒的空曠校園走回租屋處，遠遠地看見自己房間亮起一盞小燈，知道有人在等我回去，就是在這時，我才感到洶湧的悲傷，以及慚愧，因我憐憫自己更甚憐憫品琴，許多年來，我不愛電影、不看影劇或綜藝節目，卻著迷社會新聞，我從新聞上看見比自己更可憐、更可惡的人，一邊配著飯菜、飲料，想到還有千千萬萬的觀眾和我一起以咒罵或歡笑處決螢幕裡的角色，並非我以為那些是虛假，而是我知道，沒有什麼比一名十七歲的少年手刃雙親更真實的了，我的世界如此二分，我信仰真實，此外都是虛無。

但品琴居然可以成為橫陳中間的實線。

天氣愈來愈冷，我們站在人煙稀少的街上，看黃昏將至，一棵枯萎的樹隨風飄下殘葉，太陽餘暉透過枝葉縫隙閃耀。

「妳怕死嗎？」我突然沒有原因地問：「像妳這樣的人，會怕死的痛楚嗎？」

「我不怕死的疼痛，我怕的是……」品琴說到最後沒了聲音，看著我，表情一片空白：「一直以來我不與人交往，知道自己懦弱，不敢再去增加和別人的關係，身邊的人總有一天會死，這注定的悲劇，卻又令人在過程上一路嘻笑，真荒唐。」

「妳不覺得，人生本就是一場鬧劇？」我說：「不知道什麼是真實的，因此彷彿什麼也都可以做了。」

「你指的是砍倒香蕉樹嗎？」她問。

我不明白她的意思，卻仍點頭回答：「對，就是砍倒香蕉樹。」

日子一天天地過去，我卻愈來愈不安，或許是對生活平穩的不安，不知道何時會破滅，反而希望主動尋求破滅，才沒有危機四伏的恐懼。

我無比渴望知道故事的結局。

這段時間品琴自己在外有打工，不常在家，我無法掌握她的去向，十分擔心有一天她會帶著未完的故事離開。

一日我趁她還沒出門，問她：「聽妳說了過世的家人，卻沒有哥哥，妳哥哥還在對吧？」停了停，我故意有點猶豫地說：「這我可以問嗎？」

品琴的肩膀僵了一下，然後她轉過頭來：「沒關係，我哥他還活著。」

「哪天約他碰面聊聊，妳會介意嗎？」

「寫封信放在樓下的信箱裡就可以了。」

我愣了一下：「什麼意思？」

「從我流浪開始，哥哥便一直跟著，而且每天會檢查離我居住地最近的信箱，如果有事情要和他聯繫，用樓下的信箱就好。」

我照品琴說的做了，表明願與她哥哥會面的意思，隔天便收到回覆，用鮮紅色的信封裝好應諾，並約定在住處附近的茶店，我本以為品琴會和我一起去，她卻抿著嘴，用力搖了搖頭。

「我們已經很久沒見了，現在也不打算看到他。」品琴說。

由於我答應她不去追問母親過世後的事情，最終便只能獨自前往。那間茶飲店有幾處陰暗僻靜的角落，甫進門，其中一個角落的老舊木桌上擺了一方鮮紅色的信封，有個頭戴黑色鴨舌帽，臉色蒼白的男人坐在靠近走道的位置，十二月的天氣，他穿得卻非常單薄，骨瘦如柴的身子套一件短袖襯衫，他的手擱置於桌面，突露異常銳利的肘部，奇怪的是，正因為他瘦削的身材顯現尖稜的骨骼，反使我感受到威脅……我擅自坐到他對面的位子，深怕自己無來由的恐懼。

「你看來像背叛者。」我尚未開口，男人已然發話，我這才坐好位，不急於回答，而是謹慎地抬頭觀察對方。

品琴的哥哥和品琴一點也不像，也與品琴全家福照片上黝黑的青年完全不同，他面色死白如同石膏，一雙凹陷的眼窩內藏黃濁眼球，瞳孔無神，眼眶下方的黑眼圈卻突顯了他的眼白，除此之外便是滿臉鬍渣。

於是我回過神問：「不好意思，剛才你說什麼？」

「我說你是個背叛者。」品琴的哥哥自顧自地點點頭，下一秒又用截然不同的平靜給我倒了杯茶。

我默不作聲。

「其實我和品琴有很長一段時間沒見面了，她怎麼樣？過得還好嗎？」

「你不是一直在跟蹤她？」我問。

「跟蹤？不，我只是偶爾關心她現在的生活如何，打從她母親過世以後……你知道的，我們不能再在一起了。」

「是懺悔教的關係嗎？」

「你連這個也知道？」品琴的哥哥看著我，彷彿覺得怵目驚心一般，很快又轉開了視線：「懺悔教，因為她的天真，使她飽受傷害。」

「不管怎樣，我只是想跟你說……我希望能了解她，我想寫跟她有關的故事，我想問你一些事情。」

品琴的哥哥皺起眉頭，深思地望進我眼底，有一瞬間我以為他即將說出什麼惡毒的言詞，但他只是嘆口氣，低聲道：「你有想在她身上得到的東西，那就應該直接問她。」

品琴的哥哥說完這句話便起身離去。我將錄音筆從大腿上擺放到桌面，發了一會呆。

我是背叛者。

這顯而易見的事實，打從第一天遇到品琴就注定了。

隔天離家時，一面穿鞋一面回頭，品琴靠在灑滿陽光的窗邊用蠟筆畫畫，我凝視她的動作良久，等她發現我還沒走，但她沒有抬頭，那片陽光似乎讓她很舒服，我不禁想這是一個多好的早晨呢。我輕聲說了句：「再見。」品琴沒有聽到。

為了蒐集更多證據，我昨晚回來時就將約定第二次見面的信函放進信箱裡了，現在我從信箱拿到與品琴哥哥會面的紅信封，拆開迅速讀過，便立即趕赴住屋附近的一座公園。

品琴哥哥坐在公園的長椅上，頭向後仰著，有鴿子在他腿前啄食飼料，我走近時，他才坐正身子，饒有興味地望著我。

「你想宗教是為誰存在的？」我剛坐下，他便陡然問。

我沉默相對，手伸進口袋確認錄音筆運作良好。

「別想太多，只是問問你的看法。」品琴哥哥又說：「有人認為宗教的誕生原因是恐懼，我覺得很對，不過相反地說，沒有恐懼的人就不需要宗教？怎樣的人才是沒有恐懼的人呢？」

「也許是懂得殺戮的人吧。」為了引出品琴哥哥攸關品琴的言論，我技巧性地回應。

「你說得很好，懂得殺戮的人是狩獵者，是強者。」只見他眼睛一亮，身軀猛然向前：「因此，宗教是為弱者而存在的。」

我不能苟同：「有財富的人呢？位高權重者呢？他們也是弱者？」

品琴哥哥卻笑了：「那些人是死亡陰影下的弱者。」他享受一會這句話帶來的餘韻，才接道：「害怕死亡的人也是弱者，你明白嗎？」

我倆因這形而上的對談暫且無言，良久，哥哥遞來一根菸，又抽著自己的，一面說：「我也是在你這個年紀遇到品琴，那時她更有一分說不出的天真，不知何故，儘管她的五官十足稚嫩，我仍看得出背後隱藏著惡魔行止……她能夠做出禽獸不如的事情……這不是惡言，」他坦然凝視我的眼睛，低聲解釋：「你以為這是侮蔑，對品琴來說卻是最好的讚美了，人世間的規則是誰定下的？你說品琴是無神論者，殊不知無神論即是無神的有神論，又或者神不過是自然的另一個名字，這並非詭辯，只是人類仿造偉大力量定下的律法，一旦付諸文字或語言，將何其淺薄。」他頓了一下，又交握住手朝我行禮：「是品琴讓我找到屬於自己的信仰，而我是自己的神，衷心希望你也能從中得到幫助，因為她本就是來世間救苦救難的。」

我已經無法繼續忍耐下去，真實與謊言，故事與現實，我顫抖著從口袋裡拿出一張剪報，那是我昨天回去後查詢到的關鍵資料，這個男人的五官我有印象，多年前曾經占據各大報社會版頭條。

涉嫌在校外誘拐男童，最後捲入一名江姓青年的分屍案，但因罪證不足結果不予起訴，我十分確信報紙上的江姓青年才是品琴的兄長。而眼前的這個人，是當時案件的嫌犯林德良。

「你根本不是品琴的哥哥。」

「品琴的哥哥……」林德良沉吟著，忽然說：「我記得，他是一名皮膚黝黑的青年，那時和我差不多年紀，眼睛在膚色的襯托下閃閃發亮，他喜歡赤裸上身在香蕉田裡狂奔，有些傻勁，但幹起活來如同牛的賣力和執拗，雙臂鼓脹的肌肉淌過千萬條汗河，在陽光下是金色的，那使他多麼美麗啊……」他點點頭，又搖搖頭，飽含深情的黃濁眼球微微睜大：「但他身上最美的部分，從來沒有人知道，是他腹裡一截小腸子，瑰紅的，而且柔軟，看到那截腸子時，我就領悟了對他的萬般迷戀從何而來。」

我慢慢站起身，打算不著痕跡地離開，那個男人彷彿仍沉浸在自己的世界裡，沒有注意到我，只是不斷低喃：「假如這個世界是神為了更好的觀看自己，因而創造，那麼真正的神肯定比常人想像的更加不堪。戰爭、強暴、殺戮、強盜、畸形……連我這樣的人，都是神的一部分。」

我終於離開幾步之遠，卻聽見他提起品琴，我不禁轉過身，由於可怕的好奇心完全停下動作。

「老實說她真令人驚訝，在不相干的電視觀眾恨不得將我碎屍萬段時，品琴居然願意面對我，一面笑著……又像是哭著說：『你一定很後悔吧？你一定不是故意的對不對？我原諒你，真的，不需要任何理由，你是我的家人，從今以後你就是我的哥哥。』她不顧一切的樣子彷彿不這樣做就無法平息傷痛，於是我想：何樂而不為呢？我沒有告訴她，我本來就喜歡折磨男人，尤其是男孩，她的哥哥是個例外，那樣外表強悍，內在柔軟的小可愛，我第一次見到就愛上他了。」林德良看了我一眼，察覺到我的毛骨悚然，於是溫和地笑了笑說：「別擔心，我不會對你怎樣的，我有更好的樂子，雖然我也很想念品琴，她是截然不同的玩物，遇到她以前，我只尋找自己知道想要的東西，但品琴卻給了我過去從不知道自己想要的，而那些是如此美好！」

我全身發抖地回到家，直到關上門，浸淫於黑暗之中，也仍然無法擺脫好像被人跟蹤的恐怖，我急促喘息，幾分鐘後卻感到疑惑，品琴晚上通常都在家，就算已經睡了，也會先亮起一盞小燈等我。

匆匆打開燈，品琴穿著一身白坐在房間中央的塑膠椅上，胸口抱著她碩大的登山包。

客廳收拾得乾乾淨淨，一塵不染，品琴將她僅有的私人物品全部收進登山包裡了。

「你沒辦法不去尋找真相，我知道。」品琴笑著對我說：「我原諒你，我想我還欠你故事的結局，很快就要到了，這是我對你說的最後一段故事。」

在我驚訝的目光中，品琴說了她哥哥是如何死去的。

母親離開以後，她和哥哥分開了一段時間，想是由於悲傷太過巨大，只要兩人一起，就會不斷提醒對方彼此傷痕，哥哥希望品琴繼續在北部讀書，畢業了找個用腦袋的工作。

「不要再回來了。」哥哥留下這樣一句話，回到他們老家的香蕉園，將田接回來自己做，每個月固定寄幾千塊生活費給品琴，品琴則一面完成學業，一面協助懺悔教北部分會創立。這件事情，她沒有讓哥哥知道。

品琴並不討厭懺悔，懺悔甚至可以說是她的家人留給她唯一的東西，吟唱懺悔詩歌令品琴有種與家人同在的感覺。朱鳳隊長對她也十分照顧，經常留她在分會裡休息、用餐。

「畢業了就來分會工作，雖然薪水不多，但剛出社會，有工作總是很好的。」朱鳳隊長讓品琴製作宣教需要的投影片，匆匆離開分會，獨留品琴一人在半夜的辦公室裡，除了品琴桌面上的白熾燈管，其他地方均為了省電而不開燈，品琴仔細地調整投影片的背景顏色，直到眼皮再也睜不開。

她聽見急促的敲門聲，張開眼，哥哥從門外衝進辦公室內，滿頭大汗，焦急地對品琴說：「我肚子好痛，可能要拉肚子，你們廁所在哪裡？」

品琴忍著不笑，指廁所的位置給哥哥說：「這麼晚了你還來看我啊？」

品琴的哥哥一語不發，快步走進廁所，品琴繼續低頭工作，螢幕畫面卻一片模糊，廁所中傳來哥哥痛苦的呻吟。

品琴走近廁所門，輕輕敲著：「哥，你沒事嗎？」

「我肚子好痛……」隔著一扇門，品琴的哥哥斷斷續續地說：「好痛喔，品琴，我好痛。」

現實中品琴從未聽哥哥這樣哭過，音調起先高昂，最後愈來愈虛弱無力。

品琴很著急，哥哥在廁所，辦公桌上的電話又突然響起來，她倏地驚醒，接起電話。好一會聽不見對方說了什麼，等回過神來，才知道是通知自己去認屍的。

品琴沒有告訴我她哥哥的屍體有多麼殘破不堪，只陳述致命傷位於腹部，腸子曾經掉出體腔，她哥哥捧著落出的腸子逃了一公里遠，最後失血過多陳屍夜晚田野間的水溝旁，早晨他們隔壁香蕉園的鄰居騎車經過，遙遠地還以為是誰靜靜睡在路邊，因為清晨的風徐徐吹過她哥留長的頭髮，造成他人還在呼吸的錯覺，而品琴哥哥死去後蒼白的面孔，竟也寧靜得像是睡著一樣。

「他一生都在打拚，終於可以好好休息了，也無痛無病。」朱鳳隊長陪品琴離開殯儀館後對她說。

品琴流不出半滴眼淚，她忽然意識到自己在這個世界上已是一個人了，她哭泣也沒有誰看得見，她的悲傷再也沒有落點，沒有人能夠溫柔地承接。

朱鳳隊長對她說的話回響心中：「妳也希望哥哥哪天犯了錯，也能有人原諒他吧？」

「後來妳原諒他了嗎？」我問。只是希望延長品琴說話的時間，希望她不要走。

品琴伸出手，比了一個安靜的手勢。

「是的，我原諒他了。」品琴的聲音輕輕地：「我曾經有過深深恨意，因為我的家人一個個離我而去，為什麼是他們，而不是其他與我毫不相關的人呢？我不能和家人在一起嗎？我跟我的家人們……我們一整個家族，有著很深的羈絆，我們是不能被分開的，但當我失去了哥哥，我就知道再怎樣憤怒也無濟於事，我只能選擇留下哥哥的殘存，當我第一次見到那個人，我就知道他真的做了，他殺了我最後的家人，也因此他身上保存了我哥的一部分，我告訴他我原諒他，而他就是我新的家人了。」

「我不能理解……」我艱難地說：「他殺了你哥，你非但不恨他，還把他當成新的哥哥？」

「你無法理解是因為我們從小就被教導倫理道德，然而倫理道德的背後是對人的差異心，因為這樣你將無法真正去愛，你的愛永遠有對立的一面，當愛受到傷害，恨就接著來。哥哥被殺死已經是事實了，在我面前的是一個無比悔恨的人，哥哥死去已經是事實了，在我面前的這個人希望能補償我失去哥哥的痛苦，他正全心全意去懺悔，那麼我為什麼不能讓他直接填補哥哥的位置呢？」

因為這不符合人性。我差點脫口而出，品琴討論到的是理想性的愛，因為沒有差異，是完美的愛，但也是殘缺的愛，在自然界中理當不可能存在。但我也開始自我懷疑，過去我所相信的愛就是真正的愛嗎？

品琴從塑膠椅上站起來，突兀地問我：「你想聽我唱歌嗎？」

沒等我回答，品琴開始唱歌。

儘管品琴曾說懺悔詩在人的心裡比在口中更潔淨，聽她親口吟唱的經驗仍是無與倫比。她一面唱一面與我擦肩，我想伸手碰觸她，留下她，想知道事實的真相，她到底有沒有殺死懺悔教會長？可是在品琴的歌聲中，我竟然動彈不得。

「人死後，我與他們更親近。」彷彿看透了我的想法，品琴的話語從我身後傳來，歌聲卻並不停歇。「死者在空氣裡，死者在食物中，死者在便溺，死者無所不住……我能將他們吞吃入肚、呼吸分解，他們的祕密也變成我的祕密。」

就這樣，品琴走了。

過去有一段時間，我無法明確指出是哪幾年，總之在那段時間中報紙社會版上假如有出現屍體照片，都是不打馬賽克的，為了找出確切的時間，我曾到國家圖書館順著年份瀏覽報紙，看到的照片又都是打上馬賽克了。

我一直在思考是否是我記錯，我也想到「曼德拉效應」，一群人記得台灣六〇年代某位女演員演過一部她實際上沒有出演的電影，或者商標的拼寫方式與記憶中出現微小差別，這是未來人類修改過去事件造成的後果呢？或者純粹只是人類記憶本身就不牢靠？我更傾向人為因素：原本沒有打馬賽克的照片，在之後已經全部被報社抽換成打過馬賽克的，並送到國家圖書館保存，捏造了歷史，記憶也隨之更動。

我相信沒有馬賽克的那幾年，直接呈現的屍體照片一定對人們的心理產生了巨大的影響，我記得非常清楚：一名身穿農衣的中年男子被人發現陳屍在南部山區，身上有擦傷痕跡，致死原因為遭砍斷的兩腳腳筋，當時寫作這篇報導的記者在文章中寫：砍斷腳筋是過去對於詐賭的懲罰，而一張由腳部往死者臉面拍攝的照片，斜斜呈現出亡者死不瞑目的眼白，我看見報紙被一名年輕女子買下，她一面配著便當食用，一面閱讀這份報紙。

品琴離開以後，我回到圖書館查詢與這起事件相關的其他報導，得知死去的中年男子也姓江，我把目前所有收集到與品琴家人有關的文章在桌上一一排列好：奶奶是心臟病，所以不會有新聞，父親失蹤，實際上可能離家後就遭追債者殺害，母親車禍，只有簡單的報導，哥哥被人殺死……我想了很久，發現兩件過去沒有想過的事情。

第一，品琴從來沒有對我說過爺爺的死因，或許是年紀大了自然死亡，但品琴從未提過，這非常奇怪。

第二，在品琴家人所有的死亡事件之中，我有種預感，只有她哥哥的死不同尋常，她哥哥的死是因為別的原因，而她其他家人的死亡，卻與某件事情有直接或間接的關聯。

我對品琴的爺爺感到強烈的好奇，我明白這是品琴留給我最後的線索，她希望我能夠自己找到故事的結局，她希望我去找她。

除了品琴的哥哥，她其餘家人的死亡都與懺悔教有關。為此我上網查詢資料，卻得到懺悔神雲會教已經解散的消息，原來在周玉斌會長逝世後，名為朱鳳的代理會長與一干信眾處理了會長的葬禮，隨後便解散懺悔教，從此無聲無息。

我知道，所有的證據都已消弭，對品琴來說，她的故事已經到了終局。我不可能再從報紙中找到什麼了，我只能到新碼頭去，我必須進入廢棄郵輪「冬嶼號」，看看品琴留給我的東西。

趁著寒假的無人，我搭公車前往新碼頭，恰逢黃昏，天空的顏色竟如品琴所形容的那樣，逐漸轉為深深血紅。我看見幾個漁民正在收拾漁網、固定船隻，據說有強烈颱風即將來臨，港口非常危險，勸我也趕緊離開，但我只是躲藏在隱蔽角落處，等他們走了，我悄悄靠近冬嶼號，迅速進入船艙。

根據我所收集的資料，冬嶼號過去在東部漁港停泊很多年，但每到颱風季節，冬嶼號不時會因為風浪過大的關係鬆斷繩索，獨自漂離港口，在海上航行。冬嶼號最初是用於離島的交通船，但因維修費過高，最後只能廢棄，就連報廢回收的費用也相當高昂，負責單位只能轉由新碼頭接手收留廢棄船的工作。

船艙聞起來有股鐵鏽的氣味，搖晃的海水令腳下步履難穩，我走入更深處，在堆積的桌椅等雜物之後看見一方潔白空間，我愣愣地看著，灰塵在僅剩不多的陽光中飛舞，那塊小小的空間卻帶有一種平靜、永恆的安寧感，使我想起品琴。

這似乎是一個適合迎接死亡的地方。

「你也是教眾嗎？我從來沒有見過你呢。」陌生女子的聲音突兀地響起，我嚇了一跳，轉過頭看見一名身穿白衣的女人。

「我⋯⋯我算是記者。」我吞嚥著，感到不祥與恐慌。

「記者啊？你不用擔心，我遇過的記者可多囉，這是我主要的工作，我姓朱，你可以叫我朱鳳，鳳是鳳凰的鳳。」

我沒有想過會在這裡遇見認識品琴的人，第一次見到品琴故事中的角色，朱鳳隊長和我想像中的稍有不同，她看上去很年輕，有著一張悲傷而美麗的臉，她一面自我介紹一面席地而坐，不怕弄髒一身白衣。

「妳好。」我小心翼翼地說：「妳可以告訴我妳詳細的工作內容嗎？」

朱鳳卻不理會我，只是緊盯著有光塵飛舞的小小空地。

「你不用了解我，真正值得被寫的是周會長。」朱鳳說：「他死了，我很清楚，我們不是偏激詭異的團體，我們知道會長死去了，所以我們希望他到懺悔神身邊，在藍天白雲之中吟唱懺悔詩歌，那是永恆的快樂。」

「周會長是一個怎樣的人呢？」

「他很好，是一個很好很好的人，假如你家中有人信仰小乘佛教，那說不定還聽過他講經呢，周會長以前是一名虔誠的佛教徒，除此之外⋯⋯他說他前半段的人生都在遭遇欺騙與背叛，他僅有的財產甚至被同鄉好友騙光，但他並不恨自己的朋友，反而為他感到慚愧，就是那時候，他理解到懺悔的真義，他看見了懺悔神，那是一個新的神，是為了世上的眾多罪惡才存在的，因為懺悔神，他了解所有的邪惡與罪都可以被原諒，他就是這樣教導我們的，你知道嗎？直到很久以後，他都還囑咐我繼續照顧那名誆騙他的友人孫女，我們一直在照顧他們一家子，他對這些人這麼好，卻死得這麼慘……我不明白，究竟是為什麼呢。」

名為朱鳳的女子開始嚎啕大哭，她的聲音很快就會引來碼頭附近巡視的工人，我感受到暴風將至的可怕平靜，必須盡快離開，在我即將跨出船艙時，我試探性地問：「我想看看懺悔教發跡的地方，周會長出身的家，妳願意告訴我在哪裡嗎？」

朱鳳猛地抬起頭，蒼白臉面上掛滿了晶亮的淚水，她猶豫許久，在我幾乎以為她不會回答的時候，她說出位於南部的某個地址。

我知道這是我唯一的機會，我一直在閱讀新聞，追蹤故事，現在我就要接近最後的真相了，這會是我殷殷期盼的結局嗎？我心臟狂跳，幾乎說不出話來，我只想找到品琴，向她討問真實。

便在愈發狂暴的大風中，我搭乘夜間列車前往品琴故事中的香蕉園，夜晚綻放光亮，抵禦孤鬼，品琴的家，就位於受到保護的香蕉園中央。

到此，我不知道我將經歷什麼，或者我將看到什麼，但有一個畫面展現在眼前。在我下了火車，走出車站以後，我徒步經過偌大農田，最終來到一片無止境的香蕉園，我撥開低垂的蕉葉，仔細留意腳下濕滑的泥土與昆蟲，在早晨微弱的光線裡，我看見破敗的三合院，中間的院子有一塊土地沒有被水泥覆蓋，我猶豫地走上前……

「別動。」

我僵住身體，品琴站在正廳外看著我，她手中沾滿泥土，緊握一把香蕉刀，眼神充滿驚奇。

「品琴……」我思索著該怎麼告訴她，關於她的故事，我只差最後一點碎片了，而這最後的一塊拼圖，必須由她親自交給我。

「你怎麼找到這裡？」

「我在冬嶼號上遇見朱鳳，她告訴我一些事……周玉斌會長的故鄉鄰近此地，我猜，在懺悔教找上妳母親之前，周會長跟你們家就有深切的關聯。」

品琴安靜地聽著。

我從隨身攜帶的行李中找出一張剪報，是我找尋到的最後答案，我顫抖地朝品琴遞出紙片：「我一直在研究社會新聞，著迷於各種案件，那些最特別的我甚至過目不忘，妳從來沒有提過妳爺爺的死，可是從妳其他家人的死訊中，我找到妳爺爺可能的身分，我找到妳奶奶的訃聞，發現她也姓江，妳的家人全部都姓江，除了妳爺爺，這是為什麼呢？我真的努力了，我現在知道懺悔教會長死亡的原因，我只是不曉得是不是妳……妳可不可以告訴我？我一定要知道才行，我必須要知道……」我的聲音漸漸高昂，再也忍受不住，我想要知道祕密的真相，我想知道最血腥的事實，一篇新聞報導怎麼可以沒有結果呢？我還想要得到更多……

品琴依舊沉默，她走向我，從我手中拿走剪報，視線停駐在紙片上幾分鐘，隨後她輕輕微笑。

「這張剪報上記錄了轟動台灣早期社會的綁架勒贖案。」品琴邊讀邊描述：「兩名男子綁架賭博大亨後撕票，贖金高達千萬，但警方從來沒有找到這兩個男人，據說他們就像穿山甲一樣，躲入山林後失去蹤跡，再也沒人見過。」

我焦急地等待，我知道我已經非常接近真相，只等品琴親口告訴我。

「我不曉得這兩個男人是誰，因為年代久遠，也沒有他們可能的照片，但我可以告訴你我爺爺的故事。」

品琴的聲音輕輕地打開通往結局的道路。

她對爺爺最初的印象來自一尊由牛樟雕刻而成的阿彌陀佛佛像，爺爺篤信佛教，在家中佛堂供奉這尊佛，他採收香蕉時也總會一句一句念誦佛號。

「妳知道這是什麼佛嗎？」偶爾爺爺會問品琴，隨後附在她耳邊悄聲說：「是一尊死去的佛……哈、哈，但是從來沒有人知道，品琴妳看，妳阿爸阿母都還在尊敬的拜祂哩，一點用也沒有。」

「阿公，你怎麼知道這個佛已經死掉了呢？」

「妳看祂的眼睛半張半闔，還有盤坐的姿勢啊，是雕刻祂的人要祂有這樣的動作，不是祂自己的意識。我當初還很年輕，剛上山找到這塊佛仔料的時候，祂還是一棵高大的千年老牛樟……」

「那個時候，佛還活著？」

只見爺爺愣了一下，接著緩緩回答：「對，在樹裡面的時候，佛也許還活著。」

品琴跟在他身邊，在偌大的香蕉田中穿梭，檢查作物的狀態。遠遠地可以看見他們居住的三合院，從小到大，品琴最好奇的是三合院中間的空地為什麼不能踏上。

「因為那不是我們的啊！」爺爺總是這麼答覆，並摸摸品琴的頭。哥哥曾經差點一腳踩進未鋪上水泥記號的泥土地，那時爸爸將哥哥打個半死，其後在那塊泥巴地周圍圍起紅色麻繩。爺爺冷眼觀看哥哥被毆打至昏厥，他對品琴點點頭，她便知道爺爺又要帶她巡田了。

家裡上上下下這麼多人，爺爺只願意帶品琴巡田，爺爺說是怕有小偷來偷香蕉，品琴卻覺得若有陌生人經過香蕉園，反倒都不看香蕉樹，而是緊盯著他們三合院前的空地不放。

哥哥會差點踩上那塊空地，實際上也是蓄意的，是那些從外頭經過的人趁品琴家人不在，給她哥哥一百塊錢，要他踩那塊土地看看，沒想到後果如此嚴重，那些人後來要加錢讓哥哥再試，他也不要了。

這些來自園外的陌生人，只有一個曾經與爺爺交談，他們談話的方式宛如舊識，氣氛卻陰沉可怕，他們明明像認識了大半輩子，爺爺卻老是稱那人「老醜」。

「是你爺爺口音太重了吧？他想說的是『老周』吧？」我打斷品琴：「他們就是犯下綁架勒贖的人，我很清楚。」

品琴搖搖頭，彷彿沒聽見我的話般接續下去。品琴懂事以來老醜就經常找爺爺說話，結果總是不歡而散，直到有一天，老醜不來了，品琴早上起床時看見爺爺就站在那塊圍起的空地中，打著赤膊揮鏟挖掘。

「阿公你在做什麼？」

「我埋地雷。」只聽見爺爺笑容神祕，他一面掘地一面重複道：「哈！我埋地雷，我看誰敢來挖我的金子，我的金子哩……」

品琴的爺爺就像陷入某種瘋狂的夢境中無法清醒，他開始每天在那塊土地上挖掘，挖出半尺深的凹陷，又以土回填，來來回回，從早到晚，不曾停止。

有一天晚上品琴在屋內睡覺，聽見爺爺不斷喃喃自語以及揮鏟的聲音，隨後是一聲巨大、足以撕裂黑夜的爆炸聲。

品琴掙脫不知為何仍深陷睡眠的奶奶懷抱，走出屋子，她看見三合院中央的土地上竟然升起了一棵高大的香蕉樹，幾乎有十公尺高，未成熟的香蕉果實散發青色螢光，隱隱照亮夜晚，爺爺此刻就坐在其中一把綠葉上，對品琴合掌微笑。

「阿公，我也想上去。」品琴伸出手，要求擁抱，爺爺卻依舊笑而未答。

「阿公，那你下來陪我。」品琴說罷，爺爺迅即從樹上跳下，竟沒能落地，一條紅色麻繩套住爺爺的頸部，將他吊在半空，而爺爺維持合掌微笑的手勢，就這樣搖晃於寒冷的夜空。

品琴在家人驚慌的低語中醒轉，彼時奶奶已不在床上，品琴衝出屋外，看見爺爺癱坐在三合院倉庫的門把邊，用圍阻空地的紅色麻繩勒死了自己。

「他不會這樣……他不會這樣啦……」品琴聽見奶奶的哭喊：「他怎麼會自殺？怎麼會？」

只有爸爸面色凝重，他讓品琴母親扶奶奶進屋，自己解下死去的爺爺，撥打電話給警察後，他們一家子回到陰暗無光的佛堂內等待。

「爸是自己走的，我們以後就這樣跟外面講。」品琴的爸爸對全家人說：「三合院中間的空地不准再踏上，也不准提起，當作沒有這件事一樣，知道嗎？」

佛桌供奉的阿彌陀佛像在黑暗中與品琴相望，充滿了悲傷。品琴想起老醜，她問如果又有人想來看這片地怎麼辦？

「妳就讓他們踩上去。」她爸笑起來，眼神卻陰冷無比：「他們踩上去以後，品琴，你跟他們說，底下有地雷，他們要不就是繼續罰站，要不就是離開那塊地，被活活炸死。」

無論年幼或此時年長的品琴，都為「罰站」這個詞彙發笑。

而我惶恐地渾身濕汗。

「你沒有發現腳底下怪怪的嗎？」品琴柔和地說：「你現在好像是我種的

香蕉樹。」

「我不相信……」我顫抖著，想移開腳卻辦不到，我太害怕了，假如品琴說的是真的怎麼辦？從我第一次與品琴相遇，她說的話半真半假，我為了追求真相來到這裡，品琴也沒有理由騙我，我該怎麼辦？我會死嗎？

品琴的聲音無比溫柔：「你想要真相，想要知道祕密，我就告訴你，反正你也不會活下去……我爺爺私自捲走所有贖金，為了躲避同夥的追討到南部種植香蕉，那時候南部山區仍有許多土地無主，爺爺便在替人務農時一日一日悄悄將些泥土倒入某無主地，日積月累填出一大塊肥沃的黑土，爺爺擅自占了那塊地，在那兒安身立命，蓋了房子，將豐厚的贖金埋在其中一塊地之下，如此便過了三十多年。卻不想，三十年後林務局清查，說我們的地是國家的地，要有六十年前的空照圖或租屋契約、水電繳費單，我們哪有那種東西……」品琴頓了一頓，衝我笑道：「這時三十年前被爺爺背叛的同夥突然來到家中，原來那人早已打聽好爺爺侵占的土地原屬於某個長住山上的原住民，他花了便宜的錢跟原住民買下那塊地，也取得契約書、繳費單那些資料，男人對爺爺說，只要向他們買回土地，一切好辦。爺爺便拿多年積攢的血汗錢與他們買地，接下來就和我告訴你的一樣，第一次買有塊地未完成過戶，要第二次過戶時，對方說還要再花一筆錢，爺爺相當生氣，那塊地正是他藏了贖金的地，這件事一直糾纏爺爺直到他死亡，他都沒向任何人說起這段不堪的過往，他也禁止我們踏上那塊不屬於我們的地……就像我跟你說過的，我們全家人有很深的羈絆，是不能分開的，我們全部都帶著很深的罪，從爺爺開始，我們保守空地的祕密，我們是有罪的。」

品琴吸了吸鼻子，颱風就快來了，我甚至可以聞到雨水的氣味。

「這樣你明白嗎？即便我什麼也沒做，我也是有罪的，無論我再怎麼懺悔，依舊無法洗去血液裡的汙穢。」品琴走進陰暗的主廳內，不再理會我的叫喊。

之後，我失去了對身體的知覺，全心全意就只是忍受腿部的麻木，堅持站立，我眼看太陽落下，一片血紅血紅的黃昏，我呼喊品琴的名字，又恐懼震動讓地雷爆炸，不只一次我質問自己為何相信品琴的話，真的有地雷嗎？現在還存在地雷這種東西？或者已經因為年代久遠失去作用了呢？但我不敢冒險，品琴殺過人，我知道，我在深夜的凜冽中瑟瑟顫抖，千萬不能倒下，不能移開半步，品琴殺過人，對她來說我那麼微不足道……

這僅僅是第一天。

在我意識逐漸朦朧時，品琴固定會來餵我喝水、吃飯，但我總記不清楚，她詢問我一些奇異的問題，對於生和死的大哉問，她悉心照料著我，一面提出問句，彷彿如果我回答得好，她就會救我。

「你覺得我們活在世界上有任何意義嗎？你的意義是什麼？你為什麼值得活下去，你可以告訴我嗎？」

我搖頭，近乎啜泣：「我不知道，對不起……我不應該一直想刺探妳的事情，我只是很好奇……」

「不要這麼無聊，告訴我你活著對世界有什麼幫助吧。」

「沒有幫助！沒有幫助啊！」我哭喊：「我只是進食跟排泄而已，我作為人類並沒有存活的價值，我們也總是彼此傷害，自私自利，看見心思單純的人就想弄髒，想欺騙傷害，我們得到短暫的快樂，就只是這樣活著，我們活著只是為了自己，從來就沒有任何意義！」

不知道是不是我的錯覺，品琴稚嫩的臉上閃過深深的悲傷，彷彿無限失望地說了「是嗎」，便回到屋內。

我聞到雨水的氣味，張開嘴，天空下起了豆大雨珠。

第二天傍晚，香蕉樹葉片因風雨發出陣陣拍打聲，品琴坐在門檻上與我對望。

「救救我。」我沙啞地說。

「沒有地雷啊。」她含糊地告訴：「如果有，我會離你這麼近嗎？」

我再度哭泣起來。

「根本沒有地雷，可是你為什麼依然不敢離開呢？」

我痛哭流涕，我不知道。

「你啊，可以區別真實與虛幻嗎？」

我還是搖頭，我曾經著迷於真實，我所認定的真實，但人類的記憶並不準確，因此塑造的真實也充滿虛幻的成分，我嘗試將這些想法組織成語言告訴她，可身體搖搖欲墜，舌頭疲軟無力，我根本張不開嘴。

「什麼是真實？什麼又是虛幻呢？」

我閉上眼睛，力持鎮定，我已經站立了超過三十個鐘頭了，尿水浸濕了褲子，我幾乎感覺不到下半身，只有來自骨盆處的陣陣抽痛，提醒我我仍站立的事實。

我無法回答，品琴在我面前坐了一整夜。

直到早上，她先去巡視香蕉園，其後帶著一串鮮黃的果實回來，將香蕉擱置在門邊，她彷彿若有所思。

「你為什麼害怕死亡呢？」她問我：「除去痛苦，那只是肉體凡胎裡流竄的幾絲電流，痛又如何？死亡是何等有趣的一個謎團，值得任何代價。」

此時此刻，我已經麻木：「我害怕的原因和你一樣。」我面如死灰地望著品琴，看見她眼中的動搖。

「如果你相信我，就可以走開。」品琴虛弱地道。

「我怎麼走開？我站在地雷上，我怎麼走開！」我體內燃起猶如迴光返照的火焰，致使自己逐漸地狂怒起來，同時感到不能被品琴察覺的恐懼，她是何等敏銳的獵人，我若無意間洩漏哪怕一點點恐慌，也能讓她從此瞧不起我。

我的腿已經顫抖到不能克制。

死亡是何等有趣的一個謎團，值得任何代價。我的腦中閃過品琴的話語：真正的悲劇往往帶點可笑的成分，呼哈哈哈。

品琴放棄了，她走進屋內，留我一個人面對如影隨形的恐懼，突然間我發現颱風真的來了，雨水如注，淌入我發臭的衣領，我無動於衷地凝視雨水沖刷腳下地面，泥巴與落葉在水面旋轉，我頭痛欲裂，全身骨頭劇烈作響，我望著遠方陰霾遍布的山陵，灰色的雲朵旋轉出不可思議的光景，就在這時，我看見了。

巨大神靈從山的另一頭徐徐爬行而來，像另一座高山正冉冉從地面升起。

我目瞪口呆地看了好一會，發自內心的恐慌排山倒海。

「品琴！」我狂亂地叫著：「品琴！快出來看啊！是妳的懺悔神！我看見祂了，妳快出來看啊！」

我意識到自己即將失去意識，再也無法站立了，品琴從門內迎向我，環抱住我，我落入了溫暖的黑暗。

就某種意義而言，我確實獨自走到了故事的尾端，我與品琴在三合院等待颱風離境的最後幾日，我們都已經明白結局的到來。面對空地的正廳內，供奉著一尊木色黯淡的佛像，無所事事的時間裡，我經常盯著佛像的眼睛看，卻無法區分祂與別的佛像有任何不同之處。

我只剩下一個疑問，我也的確詢問了品琴。

「為什麼是我？」

「什麼？」

「妳為什麼選擇來撞我的車？」

品琴低頭思索，最終面露微笑：「我不知道，這是我唯一不知道的事情，我就只是經過那裡。」

手電筒光芒逐漸黯淡，已經沒電了，品琴到床底下拿出蠟燭點燃。

搖曳火光中，外頭風雨漸大。

天色猝暗，同是品琴熟悉的黃昏景致，她見了卻像著魔，從廚房的水桶內拿起一把香蕉刀，使我背脊發涼，她想了想也給了我一把柴刀，說：「還是得去做那件事。」我們便走入雨中，涉入泥濘，行過一大片荒煙蔓草的香蕉田，彼時滿園子枯萎殘破的香蕉樹無以計數，遠看又似一個個僵直矗立的人，面無表情，呆滯地圍繞我們，品琴滿手看不見的鮮血，舉起那把淌過雨水的香蕉刀，俯衝、廝殺，突出重圍！意欲裂開一個僅屬於自己的未來……我在滂沱大雨中愣了一會，也跟著瘋狂地砍，直到氣喘吁吁，這時我記起品琴的話：真正的悲劇總帶點可笑的成分。我看著品琴那張被激烈的情緒扭曲得無法辨認的臉，想告訴她：不要再笑了，也不要再哭了，這就是生命啊！

群山白且冷

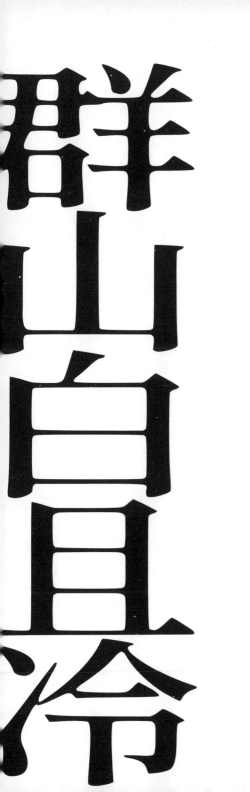

妹妹背著巫師箱走在前頭，不時停下腳步，無言地凝視巴布，他們走過綿延崎嶇的獵徑，回到已經過遮護處理的部落，不久後便要展開被漢人們稱為五年祭的祖靈祭典。在那些平地人眼中，他們的祖靈祭缺乏原住民祭典應該要有的歡樂氛圍，就連巴布年少時走過祭典中的村子，都感覺村子在無形力量的作用下，似乎被一層肅穆、冷淡的霧氣所保護並包圍，因為如此，這個場域成為人神共在的場域，成為現實世界中模糊神祕的一角。

走過門窗掛著竹枝葉的屋群，巴布跟隨妹妹來到村落空地，用竹籬笆層層圍起無人的刺球場，高聳矗立的祭竿繞著刺球場形成圓環，那些祭竿中有一枝是彎彎曲曲的，令巴布感到惶然。

不知何時妹妹的手中出現以黃藤編織的球，她看著巴布，巴布胸口便浮現字句，妹妹說，當開始時要用最快的速度砍倒祭竿，否則這段時間惡靈會湧入，傷害孩子們。

巴布想伸手碰觸妹妹，但她突然之間已走得很遠，吟唱經文的聲音卻十分清晰，彷彿就在耳邊：

那太陽喔，讓人沉醉啊，也使人迷眩……[1]

巴布從工寮內單薄的睡榻起身，當他走出無門的屋子，在嘴中放入一顆檳榔，正巧目睹一隻受驚的山羌竄入濕草。

颱風結束了。

巴布吐出嘴裡的檳榔汁，一滴汗在他黑白交雜的短髮間蜿蜒而下，他穿著塑膠雨鞋的腳劈啪踩過布滿泥濘的產業道路。

巴布所在的地方有可能是白天，或者一開始是白天，但當他點起香菸，因為火光明亮的緣故，顯得像夜晚。

他待在山谷的陰影中，顯得像夜晚。

山谷的陰影從凌晨三點過後開始挪移，與霧氣悄悄占領產業道路。他站在無人的山谷怒視成片的蕨類植物，視野所及山霧瀰漫，身旁一台小無線電正播放搜救隊的談話，他的圓點雨鞋輕輕踩著節拍。

天空的模樣令人疑惑，烏雲捲曲，沒有色彩，颱風來了又走，留下收拾的人們看著天空，巴布想：生命是什麼？生命是我昨天還抱過她，買叮哥的飲料給她喝，今天她就消失沒有……聽說她在知本出海口被人發現了。

剛過午夜，她的媽媽從巴布口中得知消息，在他們平平矮矮的小房子裡，她的媽媽坐在凌亂的客廳，沙發椅子上攤滿了女兒色彩繽紛的小衣服，彷彿只要這樣做，就能將女兒的靈魂召喚回來。

「我們有太多小孩了，最大的十三歲，最小的才兩歲，我們不知道要如何照顧這麼多孩子，沒有人告訴我們要怎麼辦啊！」說完，她就這樣嗚嗚地啜泣起來。巴布坐在一堆小孩子的衣服裡面，不知如何是好，這場颱風太過殘暴，強降水夾雜泥沙沖刷光禿禿的山壁，底下的農舍與住戶都被土石流淹沒，曾經種植作物的田地也一片汪洋，很多人失蹤或者死去，警察和搜救隊都忙得不可開交，沒有人能夠預料這場災難會如此嚴重。

巴布試著安慰哭泣的母親，她卻突然收起臉上的悲傷，深深地凝視巴布：「我的女兒已經死了，你不要再管我了，還有很多人需要幫忙，巴布，你就不要再管我了。」

巴布安靜地離開那間平矮的房子，前往位於小鎮中心的國小，強烈颱風將許多人住處屋頂掀開，他們說颱風走後，有一段時間都能看見滿天閃閃發光的星星呢。為了孩子的安全，目前小鎮居民暫時將孩子集中在國小的體育館照料，幾副睡袋與棉被枕頭湊合著使用，老師們也趁機叮嚀他們無論如何都要把暑假作業做完。

此時哪個孩子會想要寫暑假作業？著急的大人與詭譎的天氣在他們眼中十足有趣。巴布艱難涉過積水成災的操場，和一名在體育館前朝他招手的女老師點頭致意，女老師從體育館的陰影中張開手掌，掌心的白色像一盞明滅不定的燈，巴布眼中、耳中充斥雨水的聲音與形狀，他幾乎要無法承受潮溼與冰冷的天氣。

女老師帶巴布巡視他們安置孩子的體育場，平日供學生練習舞獅的梅花樁被移到角落。孩子們仍睡著，他倆寂靜地走過沉睡於破舊棉被、睡袋的學生。

「有兩個孩子我找不到。」女老師在筆記本上寫字，將紙片撕下來交給巴布，這兩個小孩巴布談不上熟悉，但都見過，甚至知道他們的小名，分別叫做山吉跟莉斯。山吉就讀六年級，明年就畢業了，父親是議員的司機，國小放學時總開車載兒子回家，公家車漆黑閃亮的外貌讓許多當地孩子們投以羨慕的視線，好幾次巴布看見山吉翹著鼻子驕傲地走出校門，眉眼中有股說不出的神采。在八八風災的時候，他曾經發生一次意外，巴布記得，這個古怪的孩子在颱風天不知怎地走上一艘停靠於富岡漁港的廢棄郵輪「冬嶼號」，隨著海流漂到接近港口的地方，被人發現才拉回來。

相較之下巴布最擔心莉斯，她只有五歲，就讀國小附設的幼稚園。莉斯的母親在八八風災時失蹤，丈夫是小鎮裡有名的爛人，妻子毫無消息整整三天，他才悠悠哉哉到警局報案，彼時警察們忙得焦頭爛額，這個男人發現無法那麼快處理妻子的事情後，他說：那你們不如把我女兒也帶走，省得麻煩，我還要去出海口抓黏棉仔哩。

「有其他人見過兩個小孩嗎？」巴布問。

「那個住天主堂附近的啞巴神父盧卡，透過照顧他的鄰居傳訊息過來，好像有看見他們在天主堂玩。今天神父應該會去參加彌撒。」

巴布隨即離開孩子沉睡的體育館，在車上，他先打電話給在派出所的學弟和幾個認識的朋友，如果看見那兩個孩子，務必把他們帶到學校裡來。

然而巴布認識的人都沒見到孩子，事情變得有些蹊蹺。

他開吉普車駛向轉角處的檳榔攤時，突然想起自己已許久沒有回部落了，這次颱風不知道家裡怎麼樣。他向熟識的小姐購買青嫩可口的檳榔，「喀」一聲咬去蒂頭，在塑膠杯中吐出第一口汁液，一股涼意穿透胸口，巴布讓吉普車飛快地奔往天主堂。

雨滴仍然斷續墜落，有個身穿他們部落巫師服裝的小女孩，背上背著巫師箱，在風中緩慢地行走，那個小女孩看起來像巴布很久沒見到的妹妹，妹妹一生從未離開東部，自從她身邊突然出現一顆神祕的黑珠子，她對巴布說：祖靈要我成為女巫喔，我不能拒絕，否則會招來厄運。巴布告訴她：妳去吧，但我要離開這裡，很久都不會回來。

你真的永遠都不會回來嗎？

沒有，我還是會回來看妳，我們就這樣約定。

巴布不曉得怎麼會看見妹妹，而且還是她小時候的樣子，她赤著腳在泥濘中行走，卻似乎並不困難，她停下來一會，伸出手指向海的位置，巴布一眨眼，她就隱沒在蓊綠潮濕的芒草叢。

天主堂位於小鎮邊緣，遠離超商、郵局等居民經常出入的場所，由於天還未完全透亮，他買了幾個水煎包站在圍牆外一面吃一面思索。

小時候聽村子的老人說，以前也有傳教士到部落傳教。巴布問：「然後呢？你們有聽他們講話嗎？」有啊！老人們回答：他們並不反對我們的儀式，也不反對我們祭祀祖靈，我們很高興地聽他們講話。

巴布將裝水煎包的塑膠袋揉成一團，塞進骯髒的口袋裡，望見天主堂大門「咿」一聲敞開，幾個小鎮居民正在門邊的書櫃尋找今日儀軌所需的經典，天主堂的牆上懸掛著有些突兀的畫作，據說都是由盧卡所繪，他年輕時喜歡上山記錄台東山林裡的動植物，隨後以生物繪圖技巧慢慢在白紙上點出橙腹樹蛙、山豬、弄蝶的模樣。巴布這麼看了一會，得知彌撒即將開始，索性在長椅上入座。

信徒們低吟進堂曲，巴布木然與正前方的耶穌受難像對視，他突然好奇在這個木雕人的目光裡他們看上去像是什麼樣子。巴布搓揉脹痛的臉頰，從他的視角望去，每個人的面容都疲憊至極，已經幾乎無法承受，太多的疼痛與失望，也失去太多的生命了，在他們眼中，一切都歸於死寂，歌聲句句哽在喉嚨裡。

巴布沒看見老神父，直到儀式開始，身穿祭衣的當地神父在輔祭的陪伴下走上祭壇，巴布突然看見盧卡從前方的座位上轉過頭與自己對視，盧卡看起來很普通，八十幾歲的衰老面貌，穿著乾淨整齊的衣服，除此之外，巴布的印象是蒼白，盧卡整個人就如同透明的瓶子一般，而有青藍色的血管在他周身遊走，像是一口布滿裂痕的瓶子，他的眼睛非常的藍，比天空和海的顏色更淡，使巴布聯想到沙灘上玻璃酒瓶的碎片顏色，他因此感到不信任，這是他不熟悉的藍色，對他來說也極度不自然。

在過去，巴布與盧卡並不算非常熟悉，盧卡多年前因故卸除神職，生活變得相當低調，巴布只知道他住在天主堂附近的鐵皮屋裡，附近的教友或鄰居會為他送餐。

這是週六早晨的彌撒，約莫會進行一個鐘頭，巴布沉默地等待，直到傳福音前，身旁的人在額頭、臉上與唇口分別畫下三個十字，巴布突然再也無法忍受，他站起身離開天主堂。

滿是枯葉的院落內，巴布再度打電話詢問孩子們的蹤跡，但一無所獲，山吉的父母已經得知消息，正從市區趕回來，莉斯的父親無法聯絡上，說不定又是跑去海邊抓魚了。巴布掛上電話，仰頭看天空從雲層後方透出亮光，顯得黯淡消沉，此時他聽見退堂歌曲，一隻手輕輕安放在他肩膀。

巴布轉過頭，看見瘦小的盧卡站在他面前。他們握了手，巴布起先比手畫腳地向他解釋自己來訪的原因，隨後領悟盧卡只是無法言語，並非也聽不見聲音。他轉而簡潔地描述，他發現當盧卡同意時，他會點頭，老神父蒼白的下巴在冷風中不斷顫抖。此時由於正是彌撒結束的時間，其他教友魚貫離去，在災難的背景下，這些人的背影顯得倉皇不已。

巴布簡單地與盧卡神父詢問最後一次看見山吉和莉斯的情形，每當他結束一個段落時，他會停下來等待神父微弱的回應。

「你有聽到小孩子談話的內容嗎？譬如他們準備到什麼地方去？」

盧卡的視線停滯在天主堂外的大榕樹上，榕樹旁邊有用於張貼小鎮事項的公布欄，盧卡指向其中一張泛黃的活動海報，那是幾年前一場露天電影的放映海報，上面以奇異筆手寫電影名稱：河神之心。

巴布知道河神之心。

他想起長長電線從教室內遠遠地牽起，連接兩台置立於操場中央的碳精棒放映機，陳舊的匣式聲音擴大機播放著老情歌，年長放映師將機器的零件一一組裝，測試運轉的狀態、更換長短兩種碳精棒，最後才在彎彎曲曲的機體內裝上第一組膠捲。膠捲在放映機噠噠的運作聲中迅速滾動，黑暗裡碳精棒通電燃燒時的光與煙從頂部的孔洞中噴射而出，形成天空與電影布幕之間燦爛崎嶇的通道。老放映師熟練地讓碳精棒燒紅的前端輕碰、分開，只當孩子們詢問時，他彎腰仔細地說明，粗糙手指謹慎拿捏膠捲的特殊手勢，充滿珍重與不可思議之感。那是第一次有城市的電影放映師開著小貨車來到這座小鎮，在奔跑時會飛起塵埃的紅土操場上以老舊的膠捲放映機播放電影，對小鎮裡的許多孩子而言，同時也是他們人生中第一次看電影的經驗。

巴布在社區布告看見播放電影的消息，似乎事出突然，詢問認識的校內老師才知道，放映電影的人是一名正叛逆環島的老放映師，據說這不是他第一次帶著寶貴的骨董電影機環島，但卻是第一次無償放映，巴布便帶著純然的好奇進入夜晚的國小，彼時已有零星幾人坐在紅色塑膠椅上等待，也有幾個身強體壯的年輕人協助放映師將布幕掛上鐵桿。對小鎮來說這可是頭等大事，巴布記得自己少年時小鎮是有一座電影院的，正值電影興盛的黃金時代，電影院叫做金山戲院，巴布僅有一次偷溜進去，裡頭黑壓壓的人潮，香菸煙氣瀰漫整個漆黑空間，更添鬼祟。

白色布幕上出現黑白影像，巴布立刻被吸引住，一名深色皮膚的男孩佇立於畫面一角，他周身被發亮的溪水包圍，在男孩身後，一名老婦帶著感情凝視他，古怪的是，不曉得是否因膠捲年久受損，老婦的臉孔有時竟全然洞白，因雜質顯得怪異，彷彿花瓣層層翻開。這部電影沒有任何對話，甚至從頭到尾都充滿一種機器運作的隆隆聲響，但從鏡頭的暗示以及下方粗糙後製的字幕，巴布得以明白劇情，這是個關於原住民男孩離鄉背井去追尋一處祕密地「河神之心」的故事，沿著流經他家鄉的溪河前往上游，男孩沿路與遭棄置的神像相遇，同時撿拾廢棄物拼湊出能夠讓他在水底前進與呼吸的裝置，男孩最終穿戴好親手組裝的裝置，告別老婦躍入水中。

不知為何，這名男孩讓巴布想到自己，他第一次告別妹妹下山，坐長途車到都市做工，妹妹目光沉沉地望著他，眼睛裡的黑珠子流露古老的意味，妹妹一生都沒有離開部落，他已經好多年沒有回去見她。

電影終末，男孩潛沉於黑白色的潮水，消失在畫面底部。

人潮漸漸散去，留下巴布與幾個好奇的孩子，他們驚訝地聆聽老放映師說最早的膠捲為硝酸片，很容易起火燃燒。「硝酸本身就可以製作炸藥喔。」他說。孩子們面露不信，那時山吉也在，只是更幼小，他只想纏著放映師講關於片中「河神之心」的傳說，這部電影似乎對他造成深刻的影響。

「是真的嗎？真的有河神之心嗎？」山吉越過其他孩子的肩膀尖聲問。

「是啊，河神之心是所有河流的故鄉。」

山吉擠到最前方：「那裡漂亮嗎？」

「你不要擠啦。」家裡開雜貨店的小多埋怨著。

「非常漂亮，只要順著一條河的流向，趁著颱風來時溪河暴漲，涉過湍急的大水，從下游走到上游，就有可能發現河神之心，我媽媽跟我說，最有機會出現河神之心的地方，是在一座山的頂端。」老放映師耐心地回答。

「為什麼那個小男孩一定要去？」一名高年級的女孩問。

「小男孩？電影裡面那個是女生好不好！」山吉忿忿地道，轉頭尋求老放映師認同的目光。

只見老放映師露出微笑。

「他一定要去，因為抵達河神之心的人可以實現任何願望，在那裡，還有你生命中所有死去的親人。」

孩子們七嘴八舌地發問，有時問題被問題打斷，問出問題的孩子因此轉移注意力，突然也忘了自己並未得到解答，很快便一哄而散，到街上找消夜吃去了。

操場只剩巴布與老放映師，他走上前與對方攀談，提起小鎮唯一一座戲院消失前曾有過嚴重的風災，大雨摧殘這無人聞問的小鎮，戲院的屋頂被狂風吹壞，颱風結束後，負責人不願意修復又或者有其他原因，總之戲院再也沒有營業。

「災難一直就會改變人。」老放映師回答：「你知道我們這些放露天電影的從什麼時候開始沒落嗎？是九二一大地震，那之前逢年過節，宮廟人家都會請吃飯或者找人放電影酬神，九二一之後一陣子大家無心再這樣做，從此就愈來愈少，最後完全沒有。」

巴布出於某種古怪的好奇小心翼翼問：「您結婚了嗎？」

「差一點。」老放映師突然一笑，說起自己本來信仰佛道教，後來欲結婚的對象是基督教徒，要求要信仰基督才結婚，教會的人跟他說，若信上帝就不能再放電影。

「我的工作大多是酬神，尤其是大家樂興盛的年代，那些求明牌的人會請我去幫忙還願，有幾次電影在墳墓放，到最後全場只剩我一個人，倒也沒發生什麼事，但這就是我的命，我後來想了想，跟這個女生說對不起，我要放電影，然後我就頭也不回地走了。」

巴布記得老放映師獨自收拾場地的畫面，將巨大沉重的電影機從地面搬運到小貨車上，巴布試著幫忙，電影機出乎意料的重量卻讓他差點摔倒。

「你為什麼要到這裡來呢？」老放映師離開前，巴布不禁問。

只見對方開玩笑地說：「我放給你們看的電影裡有精怪，要讓愈多人看祂，祂就能活得愈長久。」

巴布不明白老放映師的意思，那天回家以後，他仍不斷想起洶湧潮水淹沒男孩的畫面。

巴布望著盧卡，突然明白過來：「山吉跟莉斯……他們去尋找河神之心了？」

盧卡點了點頭，兀自走向巴布停妥的吉普車，無聲要求他啟動引擎。

巴布沒有猶豫地打開吉普車車門，眺望即將前往的群山，山體的顏色灰白平淡，被霧氣所籠罩，在車上他與盧卡目光相對，那十分年老的神父藍色的眼睛突然成為整幅畫面中唯一有色彩的東西。巴布對盧卡微微點了一下頭，盧卡柔軟的嘴角泛出微笑，雙腿顛躓地走向巴布的吉普車，好不容易才爬上副駕駛座。

巴布開車時，腦海浮現自己最後一次與山吉的對話。

那孩子坐在國小校門口的階梯上，遙望著對面的幼稚園。

巴布產生好奇，走上前詢問他父親是否有事來遲了。山吉卻搖搖頭：「我在等我妹妹啊。」

「你有妹妹？我以為你是獨生子。」

「我在學校認的，她才幼稚園，可是很可愛，我們一起發明了一個東西。」

「什麼東西？」

「我們發明了一個神。」山吉笑得燦爛：「我有一次看到她在畫畫，畫藍色的長長的人，我問她那是什麼，她就說是神……我把河神之心的故事跟她講，她又畫了很多藍色的長長人給我，我覺得，她畫的藍色人就是我心裡面的河神，後來我們就一直有在畫畫玩，莉斯還會畫魚，她說有一個白白的老人教她。」

六年級的山吉四肢修長，手掌撐著臉，雙頰通紅，巴布覺得這孩子是如此與眾不同，他明亮的眼睛睫毛輕盈如鳥類的翅膀，他與巴布對視一陣子，突然別過頭去，露出羞怯的微笑。

「你相信一部電影啟發了兩個孩子，去發明一個新的神嗎？」驟然間，巴布脫口而出，也沒有等待盧卡反應，自顧自地說道：「我以前當過一陣子的巡山員，聽說一件奇怪的事，有隻山老鼠做過好幾次案，經驗非常老到，有一天他挖到一棵千年老牛樟，其中一部分經過切割的塊材還算完整，他覺得可以做佛仔料，就把木頭送到專門的店讓人雕刻，結果後來他去看雕刻好的佛像，差點沒嚇死，他居然看見一尊死去的佛盤坐在桌上，從此以後，這個人指天發誓他再也不做山老鼠，哈，神父，你相信有這樣的事情嗎？」

盧卡沒有回答，巴布啐出一聲髒話，用力踩下油門。

窗外飛逝的景色灰暗陰鬱，整座小鎮彷彿都囚禁於災難後的迷霧，所有的顏色都因此消弭，海洋與山林被灰白所覆蓋，他實在無法想像兩個孩子沒有大人陪伴，在這樣的環境中可以存活多久。

巴布第一次與莉斯相遇時，看見莉斯趴在小鎮圖書館的地上用日曆紙畫畫，巴布那時覺得，作為一名孩童，莉斯的頭顱非常的小，可以用手掌輕易地覆蓋住，實在太脆弱、太幼小了。他沒有與莉斯說話，莉斯用藍色的彩色筆畫一細長高大的人，藍色人有一隻巨大的手，那手正深深地埋在一條魚鮮紅的魚鰓裡，彷彿準備將臟裡扯出。巴布注意到莉斯畫的魚比人更加接近真實，似乎是呈現了莉斯父親殺魚的場景，只是那魚鰓的顏色，對比魚體的淡藍顯得突兀。

車子顫抖地開上布滿石礫的產業道路，隨著地勢升高，巴布不舒服地搓揉耳朵，他原本打算迅速地巡視一遍就好，卻由於颱風造成土石流與樹木的位移，導致路途艱難，此時突然又下起了大雨，雨滴落在車前窗上，瀑布般沖刷窗面，吉普車陷入泥巴地裡，四輪傳動也無法使車子離開，巴布穿妥雨衣，要求盧卡坐在座位上不可下車，獨自到後座取木板、鏟子，又從遠處搬來幾顆大石頭，試圖讓車子順著木板退出泥塘。

然而只有巴布一人難以完成工作，盧卡顯然也明白，他穿上車內剩餘的黃色雨衣，下車和巴布在雨中比劃著試圖討論脫困的方法，隨後由巴布操縱吉普車，盧卡在後方調整木板與石頭的擺放位置，巴布認為他們還需要一個人在後方推車，單靠盧卡孱弱的身體根本不能讓車子前進哪怕分毫，他將吉普車方向盤調整好，讓盧卡坐進駕駛座。

「我說『推』的時候，你就踩油門。」巴布暴躁地說：「你會開車吧？」

盧卡點點頭，顫抖的手攀住車門，巴布陡然意識到盧卡再怎樣也是一名八十多歲的老人，他看上去已經十分疲憊，幾乎抵達身體的極限了。巴布搖了搖頭，要求盧卡繼續協助。

只是踩油門的動作而已，盧卡做得很好，巴布推了幾次車子便離開泥塘，才高興了一瞬間，輪胎又陷入了更深的坑洞裡。

「只能用走的了，先到我工寮那邊。」巴布說，略顯急躁地抓住盧卡的手臂，半是攙扶他前進。

雨勢愈來愈狂暴，巴布沒有預料到颱風過後還能有這樣的天氣，或許是外圍環流影響，盧卡瘦小的身軀靠在臂上，似乎很容易便會消失不見，似乎將隨著豆大雨珠沿斜坡流淌遙遠，巴布仍堅持讓盧卡跟從自己前進，他為自己的殘忍深深地慚愧。

當他們經過一處路況稍好的平地，這兒的空氣十分潮濕，巴布停下來檢視周遭狀況。

「這裡以前是墳地。」巴布說。

盧卡往一片竹林深處看去，細細的溪流沿著毀壞的墓碑碎片涓滴流淌，更往上走，溪蟹在枯葉堆裡倉皇逃亡，但無論是溪流或竹林，都沒有孩子們的蹤跡。巴布試著打電話聯絡山下，電話卻收訊不良，無法接通。他將手機放回背包內，坐在竹林邊的岩石上發呆，任由雨水漫流過自己。

盧卡緩緩來到他身旁，再度將手放上他肩膀。

巴布想要感謝盧卡的安慰，儘管如此，他心中依然充滿恐懼，他害怕再度失去那些小小的生命，像昨天他才在大雨的街上偶遇的女孩，他因此要求熟識的叮哥飲料店為他倆開門，他請那名小女孩喝了一杯飲料，但在昨天她便失蹤，今天早上屍體被人發現，他無法承受，就快要無法承受了，他已經無法支撐下去。

「我們得繼續走。」巴布說：「再不走就晚了。」

說罷他站起身看著盧卡，試圖想像他站在祭壇上祝聖酒餅的樣子，卻怎樣都覺得像是一場精緻的演出，他不禁問：「如果你的神真的存在，祂允許今天的災難發生在我們身上嗎？」

盧卡沉默，藍色的目光指向湧起的霧氣。

天色變得愈加昏暗，巴布想起妹妹與刺球場，突然意識到不對勁，他不想相信，但必須相信的時刻已來臨，這一瞬間，他感到害怕。

巴布抓住盧卡的手，開始沒命似地奔逃。

盧卡從胸口發出巴布從未聽過的可怕叫聲，倏地跌倒在地，巴布從泥濘中將老人拎起，繼續艱難地前行，雨愈來愈大，遠遠地，巴布看見自己位於山上的工寮，照理來講不應該這麼快抵達，然而熟悉的水泥建築卻逐漸接近，巴布決定在工寮過夜，他扶著盧卡涉過草徑，並讓盧卡住在工寮裡，自己則到堆放農具的倉庫休息，廁所設置於外頭，但已經損壞，他告訴盧卡這件事，離去前，這名老神父正脫去濕衣，顫抖的手從口袋中拿出玫瑰念珠默念經文。

盧卡的玫瑰念珠在燈泡微光中靜靜地閃耀，看起來十分美麗，巴布有種感覺，這條玫瑰念珠像是山吉會喜歡的東西。

過去每年巴布都會受邀參加小鎮國小的畢業典禮，畢業典禮上通常會有孩子們的才藝表演，那年的演出是幾名穿著清涼的小辣妹在台上熱舞，跳著張惠妹的〈Bad Boy〉。巴布從來沒見過這些扭腰擺臀的女孩，正常狀況下也不會有這年齡的女孩早熟到願意穿著火辣地跳舞，那姿態又出奇的美麗，一會後，巴布才看出那是一些男扮女裝的孩子，他們的曝露和性感都在一片笑聲中被軟化，展現出丑角般的荒唐，表演結束在他們抬起腿露出內褲的高潮動作，巴布感到有些不尋常，因為在那清一色是男性短褲的裙底中，有一個孩子穿了蕾絲粉紅內褲。就只露出了那麼一瞬間，巴布卻明白了。

典禮結束巴布到後台與熟人打招呼，正巧遇見穿粉紅內褲的孩子山吉，他獨自坐在水泥階梯上，其他的同伴早已換下表演服，到外頭奔跑玩耍，只剩下山吉依然穿著女裝，由下而上狡黠地竊看大人的表情。

巴布總覺得，自己早於這孩子之前知道發生在他身上的事，但自己似乎沒有立場將孩子欲得知的真相告知。

「你爸知道你今天在台上表演嗎？」巴布站在他身邊，若有似無地問。

山吉噴出一聲笑：「他知道會把我打死吧。」

「那你還這樣？」

「只是才藝表演而已啦，其他同學也要穿女裝……」山吉停了停：「他們很不喜歡，覺得很彆扭，但我就不會，我跟高老師說，明年我還要跳舞。」

「明年也是穿女生的衣服跳舞？」

山吉把玩脖子上假珍珠串成的項鍊。

「我好想去台北，那裡的人都好漂亮……」山吉眨著長長的睫毛，答非所問：「之前老師叫我寫作文，要寫我的夢想，我就寫我要開一艘船，像《河神之心》裡的主角一樣，離開家到很遠的地方，我要住在那裡，我也想要變得很漂亮。」說完，他一溜煙地跑走。

盧卡的玫瑰念珠在微光中靜靜閃耀，他已做完所有儀式，此時坐在床沿，額上沁出汗珠。

「你還好嗎？」巴布問。

盧卡一手按著胃部，輕輕地喘氣，巴布想起來自己其實知道神父得病，這些年來不斷惡化，只是自己從不關心。屋外雨勢驚人，雨水濺入屋內，巴布趕緊從倉庫搬來鐵皮遮擋。

他們靜靜地看了一會兒雨，未久，巴布猶豫地說：「我曾經看見一隻黑色雲豹，我知道不可能，可是牠就在那裡，那是我離開部落很久以後的事。」

盧卡濕潤的眼睛裡帶有好奇的無聲詢問，巴布歉疚地看著老人，心想：我覺得那隻豹是我妹妹變成的，她變成黑色的雲豹，到山下來找我，因為我已經太久沒有回去。

巴布張開嘴，最終卻什麼也沒有說出口。

「你好好休息，雨變小了我再來叫你。」巴布離開屋子，到倉庫點起蚊香，隨著時間一分一秒過去，黑暗中漸漸傳來盧卡痛苦的喘息。

巴布無法忍受彷彿沒有止境的聆聽，他打開倉庫門打算到樹林中小解，咬著手電筒，巴布小心翼翼地走向遠離工寮的一叢茂盛合歡，完事後又抽了一根菸。周遭被白色的霧氣包圍，使他想起祭典時燃燒小米稈的煙氣，過去妹妹告訴他，祖靈祭的女神可以乘著煙氣從靈界來到人間。

他們的祖靈祭源自一名與女神相遇的年輕人，這名年輕人是他們族人的祖先，他跟隨女神前往靈界，讓女神教導他人們生老病死的儀式，並和神有了孩子，後來這名年輕人帶著孩子回到人界，但仍與女神相約一段時間後將以燃燒的小米稈為信，讓女神得以乘著小米稈的煙來到人界，接受人們的獻祭。他們的祭典是因為一個重要的約定，人與神的約定。

當巴布陷入沉思，便在濃霧中看見異象，他又見到揹著巫師箱的妹妹，搖搖晃晃行走在細長的獵徑，最終通往他們的村莊，他們也再度來到刺球場，妹妹看著巴布，他的心口就浮現字句：必須要在開始時用最快的速度砍倒祭竿，否則惡靈會湧入祭場，傷害孩子。

巴布最近總是頻繁見到這種幻象，幻覺也總是結束在妹妹吟唱經文的聲音，她走向東方初昇的陽光，消失在純淨的白色之中。他不知道幻象的意義，比起祖靈祭的儀式，巴布對妹妹成為女巫的過程記憶更深，從宣告儀式到封立儀式，最後在昏厥儀式中她失神昏眩，巴布那時還很年輕，居然擔心地跑上前試圖扶起妹妹，在他被旁人拉開時，他碰觸到妹妹腋下夾著的一粒黑珠子。

回到倉庫，巴布昏昏沉沉入睡，迷濛間，那個在知本出海口被人發現的小女孩輕輕地出現，全身透明，宛如雨水灌注而成，巴布往後看去，是無數個在風災中死去的鬼魂。它們濕漉漉、沒有情緒地凝視巴布。巴布多麼想對小女孩說話，可是女孩與他身後無數的鬼魂竟有相同的表情，就像以前部落的獵人上山，目睹迷途在山中的旅人臉上會出現一種出神迷離的神色，巴布感覺小女孩此刻也與其他鬼魂一般，有了屬於死者的神情，這個時候，巴布感到非常非常的恐慌，妹妹的字句浮現在他胸口：惡靈將會傷害孩子們。

巴布睜著眼直到天空出現微微的光亮，從工寮往海洋望去，破碎陽光穿透烏雲，點點灑落海平面，一隻巴布從未見過的幼鳥，從右邊的山林飛向左邊的海洋，姿態竟如同墜落一般。

巴布移開工寮門口的鐵皮，低聲喚醒盧卡。神父看上去疼痛已平復，他伸手擦拭汗濕的臉，皮膚上的每一條皺褶，都充滿死亡的陳腐氣息。巴布無法對盧卡講述昨晚那些濕漉漉的鬼魂，見盧卡虛弱地起身，巴布試圖扶住他，一步一步走向他們停車的地方。

路上又開始下雨，巴布讓盧卡在車上休息，獨自擺放木板與石塊，然而泥巴已將輪胎完全淹沒了，巴布在雨水中眨著眼，試圖看清楚來時道路，雨卻愈來愈大，山體內部迴盪轟鳴，整台車都跟著陡然移動的土石往下流淌，盧卡掙扎著從車上跳下來，身體滾進了泥巴裡，巴布用力抓住盧卡的手，絕望之中，彷彿他倆下一秒就會被土石流吞噬。

「我們要繼續往上走！」巴布吼道。

但行走是如此困難，他們必須跪爬過這坍塌的地面，液態的地面，盧卡藍色的眼睛第一次流露恐懼。

「我們要繼續往上走。」巴布揮著手解釋，懷疑盧卡是否聽得懂自己的語言，他的手臂畫出更大的弧度，嘴角泛出唾沫：「昨天的路不行，很危險，要繞到上面，從北路下去。」

當他瞥視流淌的山體，滂沱雨水如暴漲溪河般地奔流，追擊而來的大水彷彿出現女孩與眾多死者的面容，在後方不斷悲嚎。

巴布與盧卡開始小心地在流動的地面爬行，從他們的角度可以看見遙遠的灰色海洋，籠罩在一片愁雲慘霧之中。

暴雨滂沱，巴布有一瞬間誤以為颱風還未離開，或者是新的颱風來襲，他心想：不要啊，我們還沒有平復傷痕，請不要這麼快又來帶走我們的孩子。

幾年前八八風災來襲，山吉也曾失蹤，只不過早在他的父母發現前，海巡隊就在港口外不遠的海面找到離港的廢棄郵輪「冬嶼號」，以及船上孤單發抖的山吉，那時很多人詢問山吉為何要在颱風天跑到冬嶼號內，山吉居然說，這艘船就跟自己一樣，想要遠離家鄉。

當時巴布跟警局的學弟到山吉家與他的雙親談話，他們居住在鄰近海邊的外環道上，父親每日開車往返小鎮與市區，母親則在五金行當收銀員，他們的住處是一間還算寬敞的鐵皮平房。

「山吉，你很喜歡船嗎？」那天學弟只跟山吉說了一句話。山吉回答：「喜歡啊。」接著就跑到種滿果樹的後院找小狗玩，巴布站在門口一面抽菸，一面看山吉與小狗戲鬧，耳邊傳來學弟和山吉父母的談話。

冬嶼號是一艘曾往來蘭嶼和台東的郵輪，當年為了解決離島交通不便的問題，據說耗費千萬打造，卻因為吃水深度在建造前並沒有計算好，導致船體經常出狀況，維護費用不敷成本，只行駛了一年就停開，最終停放在富岡漁港。這些年來每到颱風天，冬嶼號便彷彿自行掙脫綁縛的纜繩，藉由洶湧海流偷偷出航，地方媒體戲稱它是「幽靈船」，當地海巡亦說：「船像有意識般轉向港嘴行駛。」更添鬼魅之感。巴布聽山吉的父母說，山吉對船的著迷起因於父親為全家人保了漁保，為完成保險程序，有一艘漁船被登記在他們名下，當時山吉好奇問爸爸：「原來我們家有一艘船嗎？」他的爸爸說：「是啊！一艘好大好大的漁船，等你長大了就是你的。」山吉的爸爸比出寬廣無邊的無形船體，讓山吉震驚得目瞪口呆，之後就常常詢問他們家船的情況，而每一次，山吉的父親都會為這艘實際上僅僅是竹筏的小船加油添醋，描述船的壯麗與雄偉。

「我沒有想到他全都相信。」山吉的父親伸手搓揉自己疲憊的臉：「冬嶼號的事情地方上每個人都知道，有一次議員給了我當天的報紙，那艘鬼船又在颱風天自己跑出去外海，還漂到大武那邊，我突然覺得好玩，把報紙給小鬼頭，說這艘冬嶼號就是我們家的船啦，你看它這麼不乖，又偷偷跑去海上……我不曉得他真的就以為那是我們的船。」

從頭到尾，山吉的母親都挺安靜，面帶微笑給大家倒茶，只不斷重複「平安就好」、「平安就好」。

「可是弟弟為什麼會想到船上？你們有問過他嗎？」

山吉的父母雙雙搖頭。

到此，巴布不再聽了，他推開後門走向山吉，蹲下身兀自抽菸。

小狗約莫只有幾個月大，看起來活潑可愛，巴布從山吉手中接過小狗，捏緊牠的後頸，不一會小狗便憤怒起來，齜牙咧嘴準備攻擊。

山吉似乎感到非常新奇。

「你為什麼要在颱風天跑到冬嶼號上面？」巴布問。

「那是我的船，我愛怎樣就怎樣。」

「那不是你的船，你家的船只是用粗水管拼成的小竹筏，只能一個人上去的那種非常小的船。」

山吉不以為意地吐舌，繼續和小狗玩耍。

「冬嶼號被叫做鬼船，不是沒有原因的，以前這艘船往來蘭嶼跟台東之間，有時會運送溺死的人的屍體。」

「是喔。」

「以前停過很多地方，但都沒人受得了這艘船，政府只能用便宜的價格將它報廢標售。它曾經停在花蓮，有一次也是颱風天自己就跑出去了，海巡署把船抓回來的時候，發現裡面有被遺棄的嬰兒。」

「關我屁事。」

「……不久前才剛從台北新碼頭回來這裡，因為有人在冬嶼號裡面把一個男人殺死了，聽說是用香蕉刀，沿著人的脖子細細割一圈。」

山吉終於顫抖了，小小的肩膀上下震動，巴布站起身離開。

巴布認為他們起碼在風雨中走了兩個鐘頭，疲憊與飢餓讓他頭暈目眩，已經無法分辨方向。盧卡愈走愈慢，需要巴布伸手攙扶，他們沉默地行進，專注於腳下的濕草與泥巴以免滑倒。

盧卡發出動物似的喘氣聲，不時需要停下來休息，雨水漫進他倆的衣服，鼻腔、眼睛與嘴巴，彷彿他們即將淹死在大雨中。

「不要停下來！」巴布感覺自己的身體也變得虛弱，但仍努力對盧卡說話：「不要停下來，我們要繼續走下去。」

又行走了一段距離，盧卡扶著山壁慢慢地萎起身子。不知道為什麼，巴布覺得盧卡看上去很令人厭惡，他藍色的眼睛似乎在殷殷祈求些不屬於他的東西。

那像是從胸口直接浮現字句：打我。

巴布抬起頭，恰好看見一縷彎彎曲曲的閃電滾過天際，雨更大了，巴布想到妹妹、刺球場以及惡靈，可是在雨中，那些畫面如水流逝，他抓住盧卡瘦削的臉，使其朝上，雨滴落在充滿皺褶的五官，這是一張受苦的臉，恍惚而迷醉，毫無保護地呈現在巴布眼前。

胸口再度浮現字句：打我。

巴布像著了魔，他用力擊打盧卡的臉，直到老人鼻子歪斜，流出鮮血。

巴布感到怪異，只因為胸中浮現字句，那些字句像是來自不說話的盧卡，他因此悉數照做，而盧卡無比順從地接受，當巴布停止毆打，盧卡勉強睜開了眼，單純地凝視著巴布，巴布感到前所未有的歉疚，他笨拙地放開盧卡，小心翼翼移向一旁，面對盧卡悲哀的目光，巴布低喃著：「是你要我打你的。」

他們站起身繼續前行，兩人維持著不遠不近的距離，雨霧中出現形似巴布工寮的屋子，他們竟然在風雨中又再度繞回原處，而工寮附近似乎有跳躍的人影，他呼喚了幾聲，沒有人出現，只有來自遙遠地方的狗吠。

他們謹慎地進入屋內，屋子的陳設布滿灰塵，彷彿主人已離開很久，又或許只是由於天色灰暗之故，顯得陰鬱。巴布對盧卡說：「我們被困住了。」見盧卡毫無反應，巴布加上一句：「是惡靈，我們會一直走在這裡，永遠也出不去，它們還會使我傷害你。」盧卡的面孔看不出有任何憂懼，他僅安靜地朝向床鋪躺倒，按壓著胃部以及仍在冒血的鼻端。

巴布試圖在屋內生火，但因為潮濕的關係始終無法成功，他不時望向盧卡沉睡的地方，留意老人呼吸的頻率，並為了事態異常的發展感到迷惘。

山吉與莉斯只是兩個小孩，他們真的有辦法靠自己的力量上山嗎？假如孩子們真的在山上，他們現在可能也已死去了。

包括巴布自己與盧卡，在這樣凶猛的災禍中都被囚困，即將死去。

巴布嘗試以顫抖的手點燃香菸，但因香菸被雨水浸濕，他只能從胸口口袋內取出昨日購買的檳榔漫不經心地咀嚼。

在這樣的時刻，他深切想念妹妹，想著那隻自己無意間看見的黑色雲豹，身上斑爛的花紋，那彷彿至今仍如影隨形的幻覺，巴布希望能再次看見妹妹小時候的模樣，揹著巫師箱，在崎嶇的獵徑上輕巧如幼鹿地行走，儘管如此，巴布又感到相當害怕，自從他們迷路，這座山就變得怪怪的，他知道他們已經被妹妹所說的惡靈纏上，惡靈有可能變成任何樣子來迷惑他們，惡靈可能會變成他思念的妹妹。

當巴布沉浸在自己的思緒中時，他發現有一道人影在沒有門的屋外招手。巴布於是走到外頭去，那是一個和盧卡相似的人，但穿著神父的服裝，膚色蒼白，看起來俊美而年輕，巴布從未在自己的土地上見過這樣的人，這個人面露微笑朝屋內揮手，而非對著巴布。

「你是誰？」巴布問：「你要做什麼？」

那人並未回應，只是靜靜地等待著，良久，就像巴布在路上見到的妹妹一樣，它將手指向遠方的大海。

巴布在小鎮上曾聽聞盧卡的事情，盧卡剛來台灣的時候，一次颱風和一個教會的弟兄一起去交通不便的山上部落幫忙，結果那人在路上因被落石擊中當場死亡，盧卡那時候還很年輕，親眼目睹了整件事，本來毫無異狀，過了幾年不知不覺就不講話了，起先沒有任何人發現，因為大家都習慣盧卡神父主持各種儀式，他的聲音如潺潺的流水或風聲，像是夏天的蟬鳴，幾乎是不需要專注也能聆聽的話語，所以當神父以歪斜的中文寫下他沒辦法發出聲音的字條時，所有人都很驚訝。

那時候盧卡已經在台灣超過四十年了。

如果要相信神，就得連魔鬼一起信。巴布想，他們真的被惡靈纏上了，他站起身朝外面的鬼魂扔擲石頭，那年輕的鬼魂立時消失無蹤。

巴布疲憊已極，無論身體或心靈，但他仍堅持為虛弱的盧卡守夜，他擔心惡靈會趁隙傷害他們，尤其是年老的盧卡。

巴布開始輕輕地哼一首歌，是很久以前他的爸爸在狩獵過後會高聲吟唱的歌曲，內容唱到他們是戰士，不會屈服於任何事物，這首歌通常由一名以上的族人共同唱和，歌詞一問一答，慷慨激昂。巴布記得有一個來部落拍紀錄片的大學生清楚地捕捉到父親唱完這首歌後，對著鏡頭不好意思地說：雖然我這麼唱，但我知道這些都不是真的，我們早就不是戰士。

另一道人影出現在巴布面前，這次惡靈變成了前日在風災中死去的小女孩，那個在知本出海口被發現、家裡很多兄弟姊妹的小女孩，巴布強打起精神讓手指捲起石頭，試圖扔擲，但小女孩身體透明，哭得非常傷心，它沒有進入他們屋子的打算，只是就這樣一點一點地把自己哭沒了，巴布想衝入雨中，緊緊地擁抱它。

隨著雨勢，夜晚持續消亡，巴布坐在門口等待著，藉由檳榔保持神智清醒，他很清楚事情還沒有結束，妹妹曾經對他說，人的靈魂分為善與惡，善的靈魂是得以在家屋內終結的人，惡的靈魂則是在外橫死的人。

倘若真是如此，惡的靈魂會有很多很多，尤其是在這災難之後。巴布想。最後，他迎來了惡靈的第三個模樣，巴布原本期待著妹妹的形象，可是結果出乎意料，他看見莉斯的爛人爸爸全身赤裸地出現在大雨裡。

「那個人跟我講，山上有一種特別的魚。」它說：「我們趁著颱風即將離開上山抓魚，他卻把我推進暴漲的溪水裡。」

莉斯爸爸的聲音聽起來空洞貧乏，不像是人類的聲音，反倒更像動物的叫聲，或者樹枝在強風中彼此摩擦的聲音，巴布愣愣地看望它，直到它再次消失不見，巴布將頭靠在門框上，閉起眼等待，當他再度張開眼時，看見盧卡坐在床沿凝視自己，他一手按著胃部，不斷喘氣，嘴唇上方殘留乾涸的血跡。

「你的身體狀況不能再走了。」巴布說：「我們在這裡等搜救吧。」

盧卡仍然站起身，「突、突」地前進兩步後跌坐在地，巴布上前扶住他。這個老人到底要去哪裡？

他到底要往什麼地方去？

「山吉與莉斯並不在這座山上。」巴布終於明白：「我想……他們在冬嶼號裡，對，他們在海上……你為什麼希望我跟你一起上山？你知道他們不在山裡嗎？」

盧卡眼中閃過驚慌，他用盡全力仍然無法真正起身，巴布退開幾步，冷漠地審視面前的老人。

「站起來。」巴布最終強硬地拉起他：「我們繼續走，這是你想要的啊。」

盧卡每走一步都承受著巨大的痛苦，他發出尖利的喘息聲，走到最後已沒有辦法，他擺出祈求的姿態希望巴布能夠幫忙。

於是巴布讓盧卡的手臂放在自己肩上，兩人搖搖晃晃走入清晨的雨霧，巴布思索著是否要將昨晚看見的鬼魂告訴盧卡，但他們這般的行走已耗盡了兩人所有的力氣，語言似乎不再必須，巴布昏昏沉沉的意識到，他們真的無法下山了，他們會死在這裡，被惡靈吞噬。

然而一陣山霧突如其至，通過這濃重的白霧，盧卡開始追逐霧中一名神父裝束的年輕男子，盧卡是這樣的急切心焦，以至於到了最後已不是巴布支撐盧卡，而是盧卡支撐著巴布，盧卡對接下來的路途熟稔於心，這名八十多歲的老人幾乎是健步如飛，攜巴布越過濕滑險惡的山道，層層雲霧環繞山頂，巴布勉強睜眼，看見一艘巨大郵輪在山間雲海上航行。

那是冬嶼號嗎？山吉是不是正意氣風發地站在甲板上吶喊？莉斯也在嗎？巴布想到過去這艘船只是靜靜停靠在富岡漁港，船身油漆斑駁，而海鏽斑斕，船體上冬嶼號的名稱因光線昏暗之故，顯得難以辨識。隨著海流起漲，它輕輕晃動，綁縛的纜繩團團牽住它，使它不致於再次漂流出港。

冬嶼號聲名狼藉，只要風浪稍大，固定的纜繩就像夏季的南蛇般滑順鬆解，每次颱風結束，隔天必定有冬嶼號無人駕駛出航的新聞，鬼船之名不脛而走。

巴布曾聽從事夜晚捕魚的朋友說，他在頭燈光線中一次次目睹冬嶼號獨自出港，大多時候是颱風夜，偶爾不挑時間，只要天氣平穩接近黎明，就會看見它。

漆黑無光的夜色裡，好似有巨大魚群跟隨冬嶼號破浪前行，靠近時卻發現底下發光的群體並非魚，而是溺死者的魂魄，它們跟隨這艘大船前往曙光灑落之處，乘著海洋通往天空燦爛筆直的通道，徐徐飛升。

除了冬嶼號，巴布還看見了自己久未歸返的部落，但那更像是他經常有的幻象，妹妹所居住的大武山靈村，那是夢中的村子，夢中的家園，房屋與草木都跟現實一樣，只是住在靈村裡的只有自己死去的親人，這所有的一切都令巴布感到神奇。

「河神之心……」巴布輕輕地道。

盧卡默不作聲，他們來到一處一無所有之地，在那兒，所有橫死的靈魂都跟隨一艘幽靈船的引領，在天空中自由飛行。

盧卡從溪流旁的石縫中取出一皮夾，內含他人的健保卡、身分證件，還有香菸、打火機、釣竿、附有打氣筒的水桶等物品，巴布認出屬於莉斯的父親，盧卡坐在布滿石子的溪岸，將這些東西交付到巴布手上。

是你把他推進溪裡。巴布思索：你這麼做，你告訴我，你想要我怎樣？

巴布想問而未問，盧卡面無表情與他對視，巴布彎下身開始在濕潤的泥地上挖洞，拾起盧卡乏力的雙手，他們一同埋葬了事物。

好似一切都無所謂了，他們已經抵達。這兒是河神之心嗎？不，河神之心或許並不存在吧。巴布回憶電影中那個潛入深水皮膚黝黑的孩子，他發光的軀體漸漸隱沒在記憶裡。巴布與盧卡並肩而坐，看冬嶼號衝破雲層，還有無數死於災難的鬼魂，它們殷切地跟在船體下方等待最終的航行。冬嶼號即將再度出航！巴布彷彿聽見山吉正興奮地說。

巴布不清楚他們最後如何離開，只知道大雨漸歇，他們就地睡了一覺，醒來時竟然已經回到最初停車的地方，彷彿他們從未走得太遠，空氣變得乾燥，深陷泥巴的輪胎只催了幾次油門就從坑洞中彈跳出來，他們可以下山了。

吉普車顛晃的回到小鎮大街，彼時，搜救隊與警察人員仍四處巡邏。巴布拿出備用手機，看見幾通未接來電，他邊開車邊一一回撥，也從女老師口中得知還沒有找到兩個孩子的消息。

不知不覺吉普車便往富岡漁港的方向開去，巴布同時撥打電話給自己在海巡署的朋友，請他們確認冬嶼號的情況。

「這艘船每次颱風都會出海，怎麼綁都綁不住，懶得管啦。」巴布的朋友說。

「你去巡巡看！可能有小孩子在上面，就是之前那一個！」巴布在電話這頭喊著，吉普車亦高速行駛於雨霧飄搖的沿海公路，盧卡安靜而擔憂地在副駕駛座看望他。

颱風之前，這條沿海公路總是可以看見一片湛藍海洋，如今卻是如此灰暗蒼白的模樣，巴布不確定這個地方是否有可能回到災難還沒發生的時候。有那麼一瞬間，昨夜的幻象又回來了，妹妹帶著預言般的形貌出現在車前，他硬生生撞了上去……妹妹走在羊腸崎嶇的獵徑，引領自己回到山上的部落，來到祭典中無人的刺球場。妹妹看著自己，胸口就浮現字句：要在開始的時候用最快的速度砍倒祭竿，否則惡靈會湧入刺球場，傷害孩子們。

巴布呆愣許久，凝視面前灰濛濛的景象，他彷彿看見八八風災結束後，派出所學弟開著一輛藍色小貨車載自己和山吉回小鎮，颱風過後的天空前所未有的乾淨，這條筆直的沿海公路陽光明亮，山吉攤開手腳，呈大字型自由地睡著，看起來無憂無慮。

那時陽光溫暖，山吉伸展手腳仰躺小貨車貨斗。這段幻覺之中，山吉的四肢似乎更纖長了，頭髮像女孩子一樣散落在肩上，並且濕漉漉的，只有那雙眼睛，依舊搧動著長長的睫毛，神祕地與巴布對望。

「你這個小孩子。」巴布在他身邊，幾乎因為陽光太過強烈而睜不開眼睛：「你怎麼這麼不聽話？我不是跟你說過那艘船上有鬼嗎？」

「我知道啊，我才不怕！」山吉挑釁地答。

「你不怕鬼，總該怕死吧？」

「我不怕死。」山吉說：「我只是很害怕長大。」

「長大有什麼不好？你這樣子偷跑上船，難道就可以不長大嗎？」

山吉聽了這句話，表情變得疏離冷漠，因炙熱陽光而皺起的臉竟意外成熟，像大人一樣，巴布意識到，若想得知一名孩童長大後的樣子，只要看他受苦皺眉的臉孔就可以了。

奇怪的是在這場景裡，山吉臉色逐漸蒼白，愈發虛弱無力，他愣愣地看著巴布，突然說：「我本來很擔心莉斯，因為她爸爸會欺負她，但我從船上看見神父做的事情了，原來他就是教莉斯畫魚的人啊……你可不可以幫我謝謝神父？」

巴布眼前浮現莉斯在圖書館畫的藍色人、鮮紅魚鰓以及雨中赤身裸體的莉斯父親，他沒有說話。幻象碎裂開來，巴布重回劇烈晃動的吉普車中，他們剛抵達漁港，盧卡越過他凝視右邊車窗的景色，巴布便也轉頭看去。

冬嶼號已回到港口，巴布的朋友告訴他們，沒有找到男孩，女孩則被發現獨自躲在船艙內，根據她的說法，他們是在颱風剛結束時決定搭乘最後一班公車前往市區，接著步行到富岡漁港，趁著港口人員固定船隻時偷偷溜上冬嶼號，他們沒有想到風浪在午夜時轉大，船隻飄盪至海心，兩個孩子原本躲在船艙，但凌晨時分男孩突然表示想到甲板看瘋狗浪，他一個人離去，再也沒有回來。

「我們已經在附近的海岸搜尋，希望能找到屍體，但浪潮仍不穩定，機率恐怕很低。」

巴布與朋友談論著餘下的事物，包括將由巴布在派出所的學弟通知山吉的父母，後續事宜也將由學弟負責，這一切再沒有巴布與盧卡的事了。

「那莉斯呢？」巴布問。

「她的爺爺奶奶住在台東市，等等會請同事載她過去。」巴布的朋友說：「也只能這樣了，我們到處都找不到她爸爸。」

巴布凝視不遠處被毛毯層層包裹的莉斯，她坐在一輛廂型車的後座，伸出兩條細瘦的腿踢來踢去，她的頭顱看起來依舊不可思議的小，巴布多麼希望自己能夠將她帶走藏匿。

「你們昨天搭船出去好玩嗎？」巴布彷彿自言自語般輕聲問。

莉斯聞言展露小小的笑靨：「好玩，我們看到很多魚……白白爺爺！我有看到長很奇怪的魚喔，下次畫給你看，媽媽跟我說，在更遠的海有更特別的魚，但山吉說我們不能去。」

「妳有看到媽媽？」

「嗯，她在閃閃發亮的海裡面，像魚一樣游泳，一直跟著我們的船，她說其他人很笨，都找不到她，只有我跟山吉最聰明，我們坐船去了神的心。」說到這裡，莉斯稚嫩的面孔浮現困惑：「後來山吉就不見了，你們如果找到他，可以跟他說我要搬去台東嗎？」

巴布點點頭，看見盧卡安靜地站在一旁，眼神無比溫柔，老人顫抖的手做出像是想要擁抱的動作，然而卻怎樣也沒有真的擁抱莉斯。

巴布意外地發現自己心中從未有過任何一絲想要揭發盧卡的念頭，儘管這是一件多麼殘忍的事情。

就這樣，他們準備離開，回頭看去，巴布覺得莉斯的身影非常的柔弱悲慘。他這麼離開似乎是錯的，在他的心中，不知為何漸漸將莉斯想成某種格外柔軟的生物，當巴布遠遠地看著她，就像看著一隻即將被一箭穿心的飛鼠，那雙眼睛裡充滿著困惑與驚惶。

回去的路無比漫長，他們離開富岡漁港時已天黑，沿海公路並沒有足夠的路燈，只有山間聚光燈照射釋迦果樹的光芒，慘白且刺眼，颱風前聚光燈的數量更多，現在有些農園恐怕被吹壞了，燈也亮不起來。

盧卡極其疲憊地凝視窗外黑暗，巴布嘗試忍受這片寂靜，但一股深沉、巨大的悲痛在他胸口膨脹，車頭燈強硬推開的光亮一角，對比如此巨大的黑暗陰影，似乎也毫無作用。

巴布輕踩油門，很多年前他曾開車行駛於如此夜路，在北宜公路的曲折之處，一次轉彎，車前燈投射出一隻黑色動物的輪廓，僅僅一瞬，巴布也能辨認出屬於雲豹的特徵。長久以來，巴布相信那隻黑色的雲豹是他妹妹化身而成，如今他希望能再次見到黑色的雲豹。

兩人回到天主堂，此時的天主堂就像巴布印象中的那樣，充滿荒涼與寂寥，唯獨懸掛在牆上一幅幅盧卡描繪的動植物畫作，顯得稍微有些色彩。

盧卡完全敞開天主堂的大門，亮起燈蕊，從飲水機裝了熱水給巴布，茶包浸泡其中，正徐徐擴散出顏色。盧卡的面孔又開始因病痛的折磨而扭曲，卻仍堅持做晚禱，他無聲念誦，那模樣令巴布心中充滿痛苦。盧卡竟彷彿知曉，他驟然停止，藍色的眼睛坦然迎向巴布。

遲疑了一會，巴布終於開口：「你知道我的妹妹嗎？」

盧卡頷首。

「我的妹妹十三歲時成為部落的女巫，後來因為家庭狀況不好，加上女巫已經漸漸式微，她變得很掙扎是否要繼續做女巫……」

巴布坐在長椅上，平靜地看著盧卡。

「有一次她去領了救濟品，就慢慢信了教，領洗那天，我妹妹將自己的巫師箱交給神父燒掉，她一方面出於自願想這麼做，一方面卻很痛苦。她的丈夫跟信神堅定的族人並不諒解她，明明信神還繼續做女巫……某天她去很遠的地方為一個橫死的族人收屍，從此再也沒有回來。」巴布低頭喝了口茶，看著茶湯顏色逐漸加深：「那時我在新店工作，晚上開夜車送貨，在九彎十八拐那邊的一個轉彎，車頭燈直直地照過去，我看見一隻黑色的動物，那一瞬間，我也不知道我是怎麼明白的，我很清楚那是妹妹化身成的黑色雲豹，我也一下子就知道她發生事情了，那時候，我已經有許多年沒有回去，是在我回去以後，我才知道妹妹這幾年過得很辛苦。」

盧卡安靜地聆聽，那雙專注的眼睛裡乘載著巴布的倒影。

妹妹已經死了。巴布陡然明白，妹妹已經在多年前的遠行中死亡。

「說起來這個妹妹其實不是我的親妹妹，我們只是從小到大的玩伴，她是家中獨女，沒有任何兄弟姊妹，我是她唯一的朋友，她問我可不可以當她的哥哥。我們什麼都不知道，就這樣達成口頭上的約定，我們什麼都不知道，或許因為如此，導致詛咒，妹妹的師傅說：成為女巫的人，只能是家中長女。」巴布說著，一面搓了搓臉，露出慘澹微笑：「後來有人講，我妹妹這樣很好，她保守自己的信仰，同時也承擔女巫的責任，但我很困惑，到了最後，她真的做到了兩者兼得嗎？無論是自己的信仰或是她女巫的職責……我想可能沒有吧，這只是我們傳統信仰跟你們的信仰相遇後的一個過渡階段，有一天我們的巫師與巫術還是會消失，我們會信你們的神，我不知道是不是因為我們本身對自己的東西有某種自卑……我不知道，我只是……對不起，我不想再說了。」

那天夜裡，巴布獨自回到自己位於山上的工寮，他簡單整理了盧卡睡過的床墊，隨後直直躺在床上，思索著這些天所發生的每一件事。他先想到在知本出海口被發現的死去女孩，她的名字叫做小娟，她的母親為了喚回她，在家裡的椅子上鋪滿她色彩鮮豔的小衣服。接著巴布想到山吉，他有著鯨魚背脊般美麗的睫毛，他的眼睛意味深遠，他喜歡扮演女生跳舞，並且深信自己擁有一艘能載他遠颺的大船。

巴布想到莉斯，他不知道莉斯現在怎麼樣了，沒有父親母親，她還會過得幸福嗎？如果能繼續畫畫就好了，莉斯的畫有一種真實與鮮活，她畫的藍色人毫無疑問是她的父親……在由女老師所提供的其他畫作中，他們幻變成魚，魚體上的鰓部以紅色顏料塗抹，巴布從來沒有見過哪個小孩會在畫魚的時候，特別強調魚鰓的鮮紅。

巴布最後才想起盧卡，卻只有一下下，他不願意在陷入沉睡的最後一刻腦海中盡是老人皺褶的臉，但他藍色的眼睛愈加明亮了，是的，天漸漸亮了，颱風已經離開，久違的陽光重新照耀在這座依山傍海的小鎮上，海洋閃閃發光。巴布好想再見妹妹一面。

那纏繞他多時的白日夢便悄然出現，或者僅僅是腦海中一閃而逝的幻象，對他來說，卻已足夠長久了。

妹妹背著巫師箱出現在不遠處的山道，輕聲吟唱經文，一條彎彎曲曲、隱藏在長草中的獵徑悄悄出現，順著這條小路，巴布與妹妹回到位於山裡的部落。

在這兒，祭典已經結束，到處都是收拾的人們，女人拿著竹葉掃地，男人們將祭祀的物品帶到山頂，再頭也不回地奔跑下山。妹妹牽著巴布的手，帶他來到女巫燃燒小米稈接引神靈的懸崖，這裡同時也是黎明第一道曙光照射的地方。

妹妹念唱的經文到達最後一段：

那太陽喔，讓人沉醉啊，也使人迷眩……我們終於再度相遇，我們已面對面相會。[2]

颱風真的離開了，那天巴布走出屋子，可以看見遠方藍色的海洋，如此璀璨，如此無傷，樹葉的影子因光線照射產生銳利的邊緣，山林返回過去原本的模樣，雖然巴布知道，災難還未完全結束，還有不少人失蹤或者死去，無數鬼魂將跟隨冬嶼號悄悄出航。

巴布亦聽聞一具無名男屍在稍早順暴漲溪水流下，停泊於少人經過的沙岸，男屍被發現時不著一縷，腐爛嚴重，沒有任何身分證明，被計入因颱風死去的名單裡。

巴布盯著眼前的景象好一會，才彷彿大夢初醒般轉身回到屋裡，這時，他看見他們部落久違的祖靈坐在床上抽菸，黑白分明的眼眸以一種古老的意味凝視他，煙氣彎彎曲曲，飄散到遙遠的地方。

天主堂內，盧卡獨自一人，見到耶穌受難像流下透明眼淚，源源不絕在地面匯聚成小小的淚池。

巴布閉上眼喃喃念著屬於他們族裔的語言，盧卡坐在長椅上為死者無聲祈禱，他們低頭冀求之時，整座小鎮都被濕漉漉、蒼白的人們所充滿。

注釋1、2：小女巫的唱詞源自胡台麗老師的學術論文，欲閱讀完整全文可參考《台灣原住民巫師與儀式展演》書中〈排灣古樓女巫師唱經的當代展演〉一文。

致謝

這本書的誕生首先必須感謝友善書業合作社，給予我充足的時間寫作，同時仍然歡迎我在完成作品後回歸。尤其是蘇老闆、686、建富以及辦公室夥伴們的鼓勵，讓這段寫作的日子不顯得孤單難忍。

我亦要感謝接受我採訪邀請的人們，雖不願具名，但當我寫下這段文字，我相信您們明白。

本書最後一篇文章〈群山白且冷〉小女巫的唱詞源自胡台麗老師的學術論文，我基於文字的詩意與優美忍不住憑記憶揣摩大意引用，需向老師致謝與致歉，因並非完整的句子，若想閱讀全文可參考《台灣原住民巫師與儀式展演》一書。

我想對巴奈．母路老師表達尊敬與感謝，謝謝老師讓我短暫地參與了部落的祭儀，那次的經驗令我深受觸動，也促成了這本書的部分篇章。而若有任何錯誤的描述與解讀，那是我個人的失誤，若獲指正，不勝感謝。

最後我得謝謝邱錦城先生與李淑慧女士，他們是我所有故事的重要基石。

還有芸，我的阿莉莎，謝謝你陪伴我走過寫作這本書時的一切陰暗與陣痛。如今這些暗與痛，可匯集成光交予讀者了。

讀後推薦※邱常婷的「變形」三義：讀《新神》有感

張亦絢

我讀常婷的小說，往往有種興奮之情。一是可以感覺到，她寫著除了她以外，別人都寫不出來的東西；二是雖然看得出她也受各式駁雜的雅俗藝術影響，形式上更偏向能納百川，但總有某個時刻或處理，她還會令人心頭一緊，因為我們會發現，這並不是只甘於格局漂亮的作者，她的想法更深沉，最後往往也能走得更遠一些。

上述這兩個特質看似普通，保有並不容易，卻是創作可大可久的基礎：一個人能走自己的路，就是為世界開了新路。這是為什麼我認為，常婷或許就是未來二十年裡，將帶來最強刺激與最大可能性的台灣小說家之一。以下我就想以三種不同的「變形」，談談《新神》。

01. 人的樣子不是人的樣子

「變形」的意思可以很一般，水、肥皂與鞋子都可能變形，原因可能是物理、時間或不當外力。人也會變形——水變形成冰或水蒸氣，人變形，會成為什麼？想來不會是雪人。

《新神》裡面，人變形與變形人的意象，貫穿全書。〈群山白且冷〉中的神父從講道者變成發不出聲音的人，這是變形；〈殺死香蕉樹〉中，隨著敘述版本的翻轉，人物就像雙面神雅努斯（Ianus/Janus），在受害者與加害者善惡兩極之間，有如走馬燈般變貌；〈花〉之中，其他人記得小玉在電影《河神之心》的表演，初始的小玉卻記得，是大家把她與其他人弄混。〈千萬傷疤〉之中，結合了放浪形骸與個人密教意味的BDSM，使肉身與關係可藉疼痛與危險，延展伸縮與深化，這是特別外顯的變形；此外，使女兒「成人」或餵兒子毒的兩種父親，同樣也造成了雙方幾乎不可逆的變形。〈火夢〉裡，一度「妳把頭髮一直塞到我尿尿的地方」——想把頭髮從嘴與陰部放進女兒體內的母親，這種「人的樣子」很脫筆、駭人嗎？然而，從母親角度是「她滿懷對女兒的憂心，害怕女兒與自己一樣，漸漸成為沒有內在的空殼。」——所以才導致想「填充女兒」的愛之瘋狂，兩相比較，究竟哪種變形更震撼人呢？

變形可以是「不對了、奇怪了、少了或多了」——但也可能是「轉變之間、亦彼亦此、兩者皆是、框架之外」——換言之，是進行中的意義與尋找中的創造。〈群山白且冷〉中，死了至少兩個小孩，然而，牽動我們的，還有巴布在末尾與神父盧卡的面質——盧卡並不是讓巴布做巫師的「妹妹」燒掉巫師箱的同一個神父，但是盧卡仍然代表了巴布想要與其對話的「友敵」：「……有一天〔……〕我們會信你們的神，我不知道是不是因為我們本身對自己的東西有某種自卑……。」這甚至不能算完整的對話，但說不下去的巴布還是說。說話不見得是為了開討論會，而是「從失語人走向發聲人」的標記，這是變形的另一個作用。

在此之前，盧卡做了彷彿「冬嶼號船隻在山上走」的奇異舉動，把埋在河邊小女孩莉絲父親的身分證明取出給巴布，巴布就意會殺人的是神父，這是以夢溝通的狀態：因為殺身分也是殺人。巴布在尋找小孩的一路上，不時回想「妹妹」變成黑色雲豹來找他，縈繞於巴布心中的很可能是：他的遠離部落與失約，與神父停留在部落，這兩者與「妹妹」命運的關係該如何界定？如果神父對部落的影響是「過度」，巴布是否是「過少」？

從某個角度來說，任何他人都可能是自己的變形，因為有另一個人，我們才可以比較，發現被遺忘或不察的自己。山吉與莉斯，就使巴布與「妹妹」的記憶浮出，因為他們都有同樣的遊戲，同樣的承諾。

02. 故事是種不說完的行動

《新神》既是一個中篇，五個故事卻也可獨立。故事與故事乍看沒有絕對連帶，但有幾個元素重覆出現。不知存不存在的電影《河神之心》，或是既有嬰兒被遺棄其中，也有教主被割喉在上，風雨天就會自動航行的「冬嶼號」。

在〈花〉中的放映師舅舅，在〈群山白且冷〉中，環島到了台東小鎮，還在放映後，與眾兒童與巴布聊天，給了喜扮女裝的山吉嚮往之心。巴布覺得影片的離鄉景讓他想到自己，山吉則指認影片中，眾人以為的男孩「根本是女孩」，遙應了〈花〉中纏繞主述者的追索。〈千萬傷疤〉中，小麥與阿伊莎看到被白光籠罩的小男孩，在〈花〉中的記載，關鍵的線索卻是黝黑健壯。《河神之心》在〈花〉中，被史料與台語片細節簇擁，但又被認為應是從未問世的「家庭電影」，也因沒有聲音，既與台語片歷史不時失散，又是投射各種想像的觸媒。

這製造出一種「失而復返，存而未決」的效果：故事總是未完，結論也是暫時的。在〈花〉裡，主述者在「小玉的日記」裡說，想探究的是母親湘君，但我們讀到的幾乎都是對湘君的母親小玉的推敲；到了〈火夢〉中，湘君如過場般出現，與主角戴姨同屬一個宗教團體，且都有精神失序的困境。以較傳統的敘事來看，可能會覺得故事間的卡榫不是非常緊；但換一個角度來看，〈火夢〉是母親為女兒復仇，〈花〉是女兒想搭救母親（母親的母親也還是母親）——從更深結構來說，兩篇一拼接，就是母女傳承的雙向問題。

儘管戴姨可被視為某佛教信眾，最後支撐她的，卻是部落的信仰與想像中的母親。〈火夢〉也可以看作〈花〉的夢，女兒的心願是母親有力量，能停止對自己的負面投射。這裡要問的不是老太太戴姨追捕惡男是否太幹練了一點，而是被夫家暴力相向的戴姨，在探查中，不再將各種暴力內化。女人透過自燃對抗父權，阿根廷的小說《跳火堆》中也使用過，但常婷的處理又翻出若干新意，火不只是物理的，也是文化的：惡男哭嚎不是因為燒到，而只是因為見到。非常有意思。

因此，《新神》變形的第二義不限於人物，它也存在故事與故事之間。每個重複也許小小的，但每回「再說一次」，故事的宇宙都再重組。文本的不固定性，使得故事具有更大的隱喻空間，它們都既是故事體，又是收納器；這也展現了常婷對書寫倫理的高度重視與想像力。

03. 邁向馬蹄斯的剪紙《蝸牛》

《新神》中多是「受苦不叫苦」的人，災變如此暴力，使人有種「來不及滄桑」的感慨。用米蘭達．弗里克在《知識的不正義中》的話來說，主角都受「詮釋不正義」的傷害，是「這種不正義出於持續和廣泛的詮釋邊緣化，以致個人社會經驗中的某些重要領域被集體理解排除在外。」身處詮釋不正義中，由於社會集體詮釋資源出現空白或缺口，當事人會蒙受認知劣勢。簡單說，就是找不到適當的話，把自己說出來。《新神》所致力的並不只是造字造句重建資源，更經常能指出外在於個人單一經驗，更大結構中的匱乏所在。常婷在文學的凌厲之上，還飽含看似矛盾的「憂鬱的元氣」，這在〈千萬傷疤〉中，最為顯著。無論就創傷、成長或感官書寫的角度而言，都達到了「有洞見、不耽溺、卻又酣暢淋漓」的難得境界。

《新神》在文學上的另個特點，我要借用馬諦斯說明它。馬諦斯的剪紙作品《蝸牛》，曾讓我相當震撼。他能刻意用剪得不「技巧」，使我們得見，與我們（簡化版與常規性的）美感衝突的形狀。——這也是《新神》的變形第三義，令我深受感動的特質。

當代名家・邱常婷作品集1

新神

2019年6月初版　　　　定價：新臺幣350元

著者	邱常婷
叢書編輯	黃榮慶
校對	吳美滿
內頁插圖	朱疋
整體設計	朱疋
編輯主任	陳逸華

出版者	聯經出版事業股份有限公司
地址	新北市汐止區大同路一段369號1樓
編輯部地址	新北市汐止區大同路一段369號1樓
叢書編輯電話	(02)86925588轉5307
台北聯經書房	台北市新生南路三段94號
電話	(02)23620308
台中分公司	台中市北區崇德路一段198號
暨門市電話	(04)22312023
台中電子信箱	e-mail：linking2@ms42.hinet.net
郵政劃撥帳戶第	0100559-3號
郵撥電話	(02)23620308
印刷者	文聯彩色製版印刷有限公司
總經銷	聯合發行股份有限公司
發行所	新北市新店區寶橋路235巷6弄6號2樓
電話	(02)29178022

總編輯	胡金倫
總經理	陳芝宇
社長	羅國俊
發行人	林載爵

行政院新聞局出版事業登記證局版臺業字第0130號

本書如有缺頁，破損，倒裝請寄回台北聯經書房更換。　　ISBN 978-957-08-5320-9 (平裝)
電子信箱：linking@udngroup.com

國家圖書館出版品預行編目資料

新神/邱常婷著．初版．新北市．聯經．2019年6月
（民108年）．296面．14.8×21公分（當代名家・
邱常婷作品集1）

ISBN　978-957-08-5320-9（平裝）

863.57　　　　108007714